中国历代通俗演义故事·农闲读本

隋唐演义

原著　褚人获
编著　赵经纬　孟虎
插图　宋宇航

吉林出版集团股份有限公司

图书在版编目（CIP）数据

隋唐演义／赵经纬，孟虎改编.—长春：吉林出版集团
股份有限公司，2008.11（2023.8 重印）
（中国历代通俗演义故事：农闲读本）
ISBN 978-7-80762-950-4

Ⅰ.隋… Ⅱ.①赵…②孟… Ⅲ.章回小说—中国—清代
—缩写本 Ⅳ.I242.4

中国版本图书馆 CIP 数据核字（2008）第 165861 号

SUITANG YANYI

书　　名	隋唐演义
出版策划	崔文辉
责任编辑	刘虹伯
出　　版	吉林出版集团股份有限公司
	（长春市福址大路 5788 号，邮政编码：130118）
发　　行	吉林出版集团译文图书经营有限公司
	（http://shop34896900.taobao.com）
制　　作	猫头鹰工作室
电　　话	总编办 0431-81629909　营销部 0431-81629880
印　　刷	三河市金兆印刷装订有限公司
开　　本	889×1194 毫米　1/32
印　　张	6.25
字　　数	98 千字
版　　次	2008 年 11 月第 1 版
印　　次	2023 年 8 月第 2 次印刷
标准书号	ISBN 978-7-80762-950-4
定　　价	38.00 元

（如有印装质量问题请与出版社调换。联系电话：18533602666）

❧ 前　言 ❧

　　本书改编自《隋唐演义》,作者褚人获,生卒年不详,康熙二十年前后在世。原著共一百回,是一部兼有英雄传奇和历史演义双重性质的小说。

　　经过改编,将原著缩减至三十二回,约十万字。选取原著中比较有代表性的人物故事按照时间的先后顺序编写,删减了原著中比较冗弱的部分。并针对读者人群的特点,改编文字的语言使之更加朴实通俗,并配入插图。

　　本书根据隋唐时期不同人物的故事进行展开。讲述了不同类人物之间的恩怨交错;对这一时期内一些鲜明的历史事件也进行了描写,让读者更加了解故事发生的细节,也因此更加突出相关人物的性格命运。

　　本书分别讲述了几类人物:一类是帝王将相,包括隋炀帝、唐太宗李世民及开元天子唐明皇的人生起伏,也展示了国家命运的兴衰。一类人物是草莽英雄,如秦琼、单雄信、王伯当、程咬金等。他们的故事各有悲欢。许多历史的必然和人性的光辉交结在一起,不禁震撼人心。其中秦琼的故事就像本书的一条无形的线索,从隋朝建立之初到本书结尾的唐明皇时期,他的祖孙就像这段历史长河中璀璨的浪花。他的英雄故事也最让人叹服。还有一类人物必不可少,那就是女性人物。本书共讲述两类女性,一类是宫廷女性,像武则天、杨玉环等;另一类是侠女人物,有花木兰、窦线娘。这些女人在隋唐这段史卷中留下足迹,注定有她们各自的芬芳。本书中的另外一类人物就是奸恶盗贼之人,如宇文化及、杨国忠和安禄山等佞臣贼寇,纷繁的历史总少不了此等人物的一抹黑色。当然,如此浩然的隋唐江山,自有无数可歌可泣的故事发生,也有无数的明臣悍将,甚至一些喧闹叫喊随波逐流的小喽啰也是少不得的。但是我们能讲述的有限,有时我们只想怀念一下曾经打动过我们的英雄。

另外,本书也遵循原著的一个特点,就是神话色彩。有些故事的叙述中除了平实的记事外,偶然插入一些鬼神故事,让情节发生的更加生动,更加曲折。尤其是最后总结隋唐故事时全部是神话传说似的因果轮回关系,让人读完恍如隔世,又似如梦初醒。但都只不过是提醒世人做人须端庄,做事要行善积德罢了。

原著乃是宏篇巨著,而本书只是选取了部分鲜明的人物、生动的情节。改编时力求语言朴实,读来琅琅上口。文学功底和语言的凝练美观与原著相比自然相去甚远,望读者通晓谅解。

编　者

目录

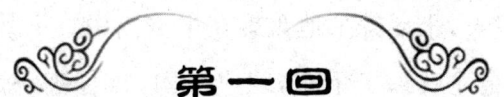

第一回

隋文帝讨伐陈国

隋文帝杨坚即位之初，便立独孤氏为皇后，长子杨勇为太子，次子杨广为晋王。同时在朝为将相的还有杨素、李渊等。自古以来，各朝各代开国之君多是明君，而在朝大臣也多是良臣。开国之初的隋朝正是如此，于是隋文帝便有了励精图治、拓土开疆的想法和决定。

江南的君主陈叔宝，也是个聪明伶俐的人，但是因为他生在南方，就沿袭了江南那种文弱艳丽的习气，整日地作诗赋词。当时他的后宫之中又有位貌似天仙的妃子叫张丽华。陈后主对她宠爱有加，甚至朝廷的政事、百官的奏折都是两个人在说笑间就决定了的。陈后主这样的贪恋美色，流连于诗词歌赋之间，不务政事，正好成为隋文帝杨坚讨伐的对象，以此来扩展隋朝的疆域。

杨坚的二儿子杨广虽被封为晋王，但是心里很不甘心。他想同是一母所生，他的哥哥只因比他早出生就有机会成为皇帝，而他却只能是个王爷。他野心很大，从他出生时皇后的意象当中就能看出来。当年他出生时，皇后朦胧之中就看见红光满屋，就像雷鸣一般，一条金龙突然从身子里飞出来。

而且越飞越大,张牙舞爪地盘旋在半空当中。突然刮起一阵狂风,那条金龙就掉了下来,缩成一团,再仔细一看,原来不是金龙,却是只像牛一样大的老鼠。当时皇后大喜,文帝杨坚也立即给他取名叫杨广。本意是要他心胸宽广,但是却不知他这个儿子不但心胸狭窄,处处算计,而且还一心想着如何抢夺皇位。他见杨坚决定讨伐陈国,心里想着一定要趁这个机会表现自己,而且也可以趁机统率兵马,掌握兵权,为日后抢夺皇位打下基础。

隋文帝杨坚是个好猜疑的人,他不肯把兵权交给大臣,就命晋王杨广为行军兵马大元帅,杨素为副元帅,李渊为元帅府司马。李渊曾经发七十二箭杀了七十二个人,武艺卓绝;杨素带领九十个总管,还有两个总管分别是韩擒虎、贺若弼,他二人都是杀人不眨眼的魔君,他二人作为先锋从六合县出发。就这样各路人马在晋王杨广的带领下浩浩荡荡地向陈国进发。

陈国守城将士发的告急文书像雪片一样,但是在上报途中都被奸臣施文庆扣押住了,没有继续上奏给朝廷;袁宪请求添加援兵把守京口、采石两处要碍,也被他阻挠。另一个大奸臣孔范也向陈后主上奏道:"长江天险,隋朝兵马又不能飞渡过来;只是守卫边疆的战士想自己图功劳罢了。"施文庆也说道:"天气如此寒冷,人马都得冻死,怎么能来侵犯呢?"只可惜昏庸的陈后主就听这奸佞之言,不顾国家危难,依旧饮酒作乐。

到了祯明二年元旦这天,贺若弼带兵从广陵悄悄渡江;

韩擒虎也带精兵五百,从横江攻打采石。因为元旦这天陈国士兵个个都喝得烂醉如泥,连兵器都拿不起来,如何抵挡敌兵呢?陈后主更是一醉不起,到了晚上才醒,却说明日再商议退敌之事。

这样又过了两天,到了元月四日这天,萧摩诃、鲁广达请兵出战。萧摩诃打算乘着贺若弼刚到钟山,攻其不备;任忠也要了精兵一万,三百艘战船,要断其后路。其实这都是奇好的计策,只是陈后主根本不肯听。到了八日这天,萧摩诃被擒,孔范交了兵就逃跑了,只剩一个鲁广达拼死搏斗,杀了贺若弼三百多人。任忠也逃回去了,陈后主不但不责罚,还赏金银两柜,叫他继续招募人马出战。谁知,他刚到石子冈,刚好撞着了韩擒虎,便率兵投降了,并且带引他进城。城中百姓都慌忙逃窜。陈后主还呆呆地坐在金殿之上,等着他的将士得胜的好消息呢,直到听到敌兵进城了,才连忙跳下宝座起身便要逃跑。袁宪一把扯住他说道:"陛下,您贵为龙体,他们不敢加害于您。"但是后主早吓得魂飞魄散了,挣脱开就往后宫跑,找到了张丽华和孔贵嫔,拉着两人就仓皇出逃。刚跑到景阳井边,就听见外面军马声鼎沸,就不敢再跑了。后主带着两个贵妃一同投入井中,心想三人一同死也好。可那时正是冬末春初时节,井水干涸,三个人跳下去都没有生命危险,索性躲在里面听外面人声喧闹,原来隋兵已经进了后宫,开始搜寻珠宝和宫女。正宫皇后和太子都在宫中,只是找不到陈后主,他们便四下里搜寻。搜到枯井处,井中微微有点黑,看不见人影,士兵便拿着挠钩去钩。陈后主躲过挠钩，半天也钩不着，士兵只好将石块投入井中试探深浅，好下井找寻。陈后主见飞下来石子，忙大喊起来："不要打我！快把绳子抛下来，拉我出来！"众兵急忙取来长绳抛入井中。又听见陈后主说道："你们用力扯，我有重金赏你们！"开始的时候是两个士兵扯，可是扯不动；又加两人，还是扯不动。这些人想因为是个皇帝，所以骨头重些；也有人说因为是个蠢物吧，都把江山丢了，于是大家都笑起来。不管怎样，大家还是大声喊着用力向上扯，扯上来一看才明白。为什么会这么重？原来是三个人，陈后主和张丽华、孔贵嫔束在一起上来的，所以才如此沉重。

陈后主被众士兵拉上来之后就被簇拥着去见韩擒虎。不久，贺若弼也进城来见了后主，让他领了些宫人住在德教殿，并派兵在外面分兵围守。这时候，晋王率兵在后，命高颎、李渊先进城安抚百姓，禁止隋兵烧杀抢掠。

晋王此时远离京师，便不顾王公贵族的体面了。听说陈后主的妃子张丽华貌美似天仙下凡，心里一直想得到她。如今他的大兵已进入城中，他便命令高颎的儿子高德弘去城中寻找张丽华并带回来给他。没想到高德弘见到父亲，高颎却道："晋王身为元帅，应该把安抚百姓作为首要大事。"高德弘道："如今晋王兵权在握，他只不过想要一女子，谁敢反对？惹得他发怒，将来一定会有麻烦。"但是李渊也认为张丽华有迷惑君王之罪，正是因为她的美色，才使陈后主不务国家政事，结果导致国家灭亡，如此祸根是不能留在世上的。而且他说："如果张丽华已经死了，晋王也就再没什么邪念了。"高颖也点头称是,高德弘苦苦阻挠,也无济于事。就这样,张丽华和孔贵嫔一起被带到清溪问斩了。

张丽华和孔贵嫔被斩了,高德弘回去向晋王禀报,他怕晋王怪罪,于是他把罪名全推在李渊身上。他对晋王说道:"臣去带张丽华时,我的父亲不敢怠慢,赶紧准备香车细辇,另外还选了十位美貌的宫女,想陪送到军前。可是李渊认为张丽华是灭国的祸水,就把她给问斩了。"晋王听了大惊,心里立刻恨起李渊来。然后又连声叹息,后悔自己没有亲自去城中找得张丽华,这样两个美人也不会死,于是在内心里已经决定要杀了李渊为她们报仇。

晋王到了城中,先是叫人封了府库,分文不取,以博取一个好的名声;然后说贺若弼私自决战,有违军纪,李渊怠慢军事,于是他俩都被拘留了拿问。但是隋文帝知道陈国被平定,贺若弼是首要功臣,而李渊一向忠厚耿直,就都免了二人的罪,并赠送丝绢万段。其他各处没有攻占的州郡也都分别派兵征服了,自此天下重新统一了。

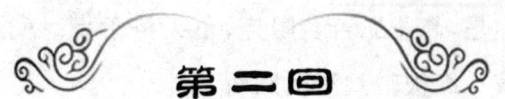

第二回

 植树岗秦琼救李渊

　　人们常说天下无道,豪杰难容。当年李渊奉命讨伐陈国时被晋王杨广嫉恨,回朝后晋王杨广一直想方设法陷害他。所以像李渊如此有才华的人都不被朝廷容纳,何况那些草莽英雄呢?谁又能欣赏他们?他们只能混迹于尘世当中,等待时机而起。况且上天既然打算要灭掉隋朝,大兴唐朝,自然也生得一批灭亡杨广的杀手,辅佐李渊的功臣。而且这些英雄不只是在战场上帮助李家拼得江山,在一些无心的巧合处,也能救李家于危难之中。植树岗秦琼救李渊讲的就是这样一个故事。

　　秦琼,字叔宝,山东历城人。他的祖父是北齐的大将军秦旭,父亲是北齐的武卫大将军秦彝。秦琼出生时,各个小国战争不断,秦旭希望他们祖孙父子能够同建太平,于是给秦琼取了个乳名叫"太平郎"。太平郎三岁时,他的父亲秦彝奉命把守齐州。周国出兵攻打北齐,很快打到了齐州,当时齐王从齐州去汾州躲避,命令高丞相与秦彝共同坚守齐州。丞相打算开城投降,秦彝说道:"秦彝父子,誓死要效忠国家!"吩咐部下把守城门,自己去见夫人,把秦家一脉托付给夫人,决定死守齐州。可是他和夫人还未把话说完,外面就有人来报说道:"高丞相已经打开城门放周国兵马进城了!"秦彝听了赶忙提着他的浑铁枪出来,只看见周兵似河水决堤般地涌来。秦彝杀得鲜血染透了战袍,无奈敌兵人数众多,最后他手拿短刀,砍死了最后几个敌兵,大喊一声:"臣尽力了!"便自刎而死。此时,他的夫人宁氏收拾了些家资,逃出官衙,躲到了一个静僻的小巷。小巷里家家门都关着,只有一家有小孩的哭声,她猜想可能有人在内,于是叩门,出来的是一个妇人,原来这家只有一个姓程的寡妇和一个两三岁的小孩子叫一郎。其实这个小孩就是程咬金,长大后和秦琼成了结拜弟兄,她们暂时收留了秦琼母子。等到外面战乱平定了,秦琼的母亲便把一些随身携带的珠宝换成银两在程家对面买了一个宅子住了下来。秦琼长大以后,身材魁梧,就喜欢耍枪弄棍,不爱好读书,在街上也喜欢打抱不平。他也因此结识了一些附近的英雄豪杰:一个是齐州的捕盗督头樊建威;一个是王伯当;一个是贾润甫。时常大家遇到一起就比试比试武功,讲讲兵法。一日,樊建威来见秦琼,对他说道:"现在齐州盗贼四起,本州的刺史要我招募几个人缉捕。我说起哥哥武功卓绝,英雄盖世,我情愿让哥哥做督头,小弟做副职。刺史同意了,让小弟前来请哥哥。"秦琼本不愿捉拿强盗,听地方官指挥。但是樊建威说做官都是从小到大的,功劳也是慢慢累积的,再说闲在家中也无事做,于是秦琼便被他说动了。樊建威带着秦琼见了刘刺史,两人一块做了捕盗督头,奉命押送一批人犯前往潞州充军。

先不讲秦琼押解犯人充军的事，再说李渊被晋王杨广陷害，皇上下旨让他做河北郡守，他像得了一道免死令一样，急切地收拾东西，准备离开京城长安。李渊把家里的下人都召集到一起，要他们在长安有家室、亲戚、朋友能留住脚的可以不用跟随到河北去，他以为愿意跟随他前去的人不多，可是没想到大家多半都愿意跟随他前去。安顿好了下人，李渊回到后堂，他的夫人窦氏此时正怀有身孕，她对李渊说道："现在我身体恐怕经不起车马劳顿，可否延迟半月起程？"李渊说道："夫人，皇上多疑，现在还有奸人陷害我们，要杀光所有姓李的人，此时我们就好像身在龙潭虎穴，今天有幸能够离开这里，我们就一刻也不要耽搁了。"于是安排好车辆，李渊一家和四十几个家丁簇拥着离开了长安。

此时正是中秋天气，李渊一家早早出城。走到距离京城二十余里的时候，人烟忽然稀少了，前面有一岗，上面黑丛丛的长满了树木，叫作楂树岗，看起来十分险恶。李渊的长子李建成和他的族弟道宗骑马先进入林子。哪知晋王杨广早已和宇文述安排一些人扮成响马的模样在此等着劫杀他们。这些人夜里就赶在这里等候，终于看见一行人进入林子，为首的还是一个官员和一个公子模样，便确定是李渊一家人到来了。大喊一声，冲了出来。李建成一看有响马，吓得调转马就跑，道宗虽然也是吃了一惊，但胆子还是大些，大声骂道："你们吃了熊心豹子胆了，官员你也敢劫？"说完拔出腰刀便砍，有几个家丁也一起帮忙。李建成跑回后面来找李渊。李渊也大吃一惊，马上下了轿子，手拿一个方天戟，骑上白龙马,他让一半家丁守着其他家人,自己带领其余二十个家丁赶到林子中来。看见四五十个"强盗"手里都拿着兵器围着道宗,道宗和几个家丁已经抵挡不住。李渊大喝一声:"哪里来的强盗,不知死活,胆敢来拦截官员过往?"这一喝,强盗们也吃了一惊,知道他就是李渊,一看他们也不过二十几个人,心想也打得过,况且他们就是奉命来杀李渊的,便团团围拢过来,把李渊和家丁围在核心。李渊与他们厮杀了一个时辰,虽然没有受伤,但是也脱不开身。正在这危急时候,也是李渊命中有救,正赶上秦琼押解犯人从楂树岗经过。他听见林子中喊杀声连天,便跳到高岗上一望,看见五六十个强盗围着一官员。他对建威说道:"这距离京城十几里的地方,怎么响马也如此猖獗呢?"建威说道:"兄长一向好打抱不平,现在是否愿意助他一臂之力,也显示一下兄长豪杰大丈夫的本事。"秦琼说道:"我正有此意,只怕兄弟不愿成全。既然你愿意我去,那你就带着人犯到前面等我。"说完,秦琼便拿着金锏,跨上黄骠马,借着山势冲了下来。大喊一声:"响马不要无礼,我来了!"这声音就好像一声响雷在天上炸开了,李渊和强盗都是一惊,但是看见就秦琼只身一人,强盗们都没把他放在眼里,李渊也觉得他帮不上什么忙。可是没想到秦琼的两条铜舞动起来就似蛟龙一般,打得贼人四处逃窜。李渊指挥着家丁帮助秦琼。有一个强盗被秦琼的铜打落马被家丁抓到李渊面前,李渊问他为何拦截官员,那人早吓得战战兢兢:"小人本是东宫护卫,奉宇文大人的命令来拦劫你们,这不干小人的事,都是上边的命令,小人也不敢违抗。"李渊念他也是贫民就放他走了。这时,秦琼还在和强盗厮杀,李渊说道:"快去请那位壮士相见!"家人忙过来请秦琼,秦琼打退了贼人便问:"你家老爷是谁?""唐公李渊。"秦琼正想着,又有一个家丁赶来说道:"壮士快去吧,咱家爷有重谢呢!"秦琼一听这"谢"字,便笑了笑:"咱是路见不平,不图你家谢。"调转马就往大道走。李渊一看,心想原来是我该亲自请来道谢,马上拍马来追,连叫几声:"壮士请住马,受我李渊一礼。"秦琼没有理,还是骑马前行。李渊又喊:"我全家受你救命之恩,报一个姓名,我也好日后相报。"秦琼不想他再追赶,只好回头答道:"小人姓秦名琼。"在马上摆了摆手,便加了一鞭,骑马像箭一样急驰而去了。

李渊一直铭记秦琼的救命之恩,而且日后也表达了此番心意,为秦琼解了一次围。

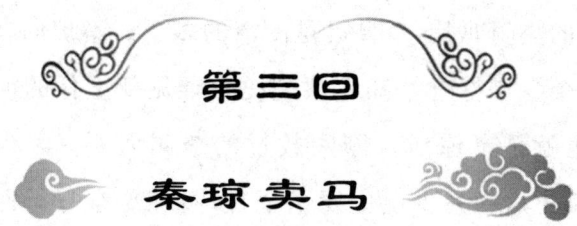

第三回

秦琼卖马

秦琼在临潼山楂树岗救过李渊后就快马加鞭到关外与樊建威会合。他二人本是同在山东济南府衙当差的好友，那日各带两名人犯分别到山西平阳府的泽州和潞州充军。秦琼见到好友建威，便与他分了行李。樊建威去了泽州，秦琼则往潞州。

到了潞州，秦琼很快就看到了公文中批示的住处，门前还有拴马桩，秦琼拴好马后，就带两名人犯进入店来。他吩咐店主找谨慎的地方关押了人犯，把随身行李搬进店中，并特别嘱咐将他的坐骑黄骠马的鞍辔解了，而且要喂些细料。店主为秦琼开了专门为外县的官员外出公干时住的上等房。就这样，秦琼在此安顿下来，只等交了人犯领了批文回乡。

第二天，秦琼很早就起来了，梳洗完毕后，收拾好文书就到潞州府衙。蔡刺史升堂见了人犯，收了文书。但是蔡刺史只是将犯人收监看管，叫秦琼明日再来取回批的文书。秦琼只好出来府衙，在外面吃了饭，顺便在街坊宫观寺玩了一天。次日清晨，秦琼又往府衙领取批文。可是等到日上三竿衙门也没开，街上很多大的酒店也都关门了，行人也少了很多，比起昨天的热闹非凡,今日可是冷清的多了。秦琼向在那里玩耍的几个少年打听才知那蔡刺史去拜见新上任的河北州县道台,也就是秦琼前日刚刚救过的李渊大人。因为路程遥远,蔡刺史这一去少说也要半个月,秦琼无奈只得回住店处死心塌地等刺史回来。

秦琼本是山东豪杰,每日三餐自然不比常人,这样没几日,只是吃饭就让店小二发愁了。因这家店专供公干之人所住,平时便没有别的生意,而如今潞州太守又离开府衙,没有公干的人就更没人住店了。秦琼住了几日也没有拿银两出来,店家自然就急了。他心里盘算着要妻子张口跟秦琼要几两银子作饭钱。他对妻子说:"你们女人家说话,秦琼总是会担待的。"而他的妻子柳氏却是个非常贤惠的人,她看出秦琼是个英雄豪杰,只是暂时没领到批文,没有银子,等太守回来自然就领了银两还了店钱,所以也没有按照丈夫的意思去开口向秦琼要银子。就这样,又过了两天,店家终于忍不住,自己开口了。秦琼也是明白事理之人,对店家并不怪罪,叫店家与他到房里一块去取银两,可是他却忘了与好友樊建威分行李时并未分盘缠,因为是好友,并未把银两放在心上,索性都忘了分开自己也拿些,如今除了自己母亲要他买绸做寿衣的四两银子再无分文了。没办法,秦琼只得把这银子都交了店家,店家终于笑容满面,但是秦琼却没了心情。想一想自己行囊已尽,批文未领,而这蔡刺史若要再几日不回,别说回家的盘缠,只是这店家再来索要都不知道该如何是好。想到此处,秦琼真是焦闷惆怅,也没有了出去玩耍的兴致。

　　又过了两三天，蔡刺史终于回来了。前面锣鼓开道，府中当差之人都出城去迎接，秦琼也跟着众人去了。因急着领回批文，秦琼等不及蔡刺史再升堂，见到蔡刺史的轿子便跪地求领批文。结果因为蔡刺史一路辛苦，根本不管秦琼有多急，只见得他的失礼之处，吩咐属下当众打了秦琼十个大板就回府衙了。秦琼被打得皮开肉绽，鲜血直流，店家不但没有同情怜悯之心，反而讥笑一番。秦琼愁苦异常但也无奈，第二天忍痛又到府衙领批文，这次他意识到：人在屋檐下，怎敢不低头？于是规规矩矩等到刺史升堂取了批文，领了赏银三两。回到店家结账，结果计住了三十二日，总计纹银二十一两，这三两加上前些日给母亲买寿衣料子的四两，还欠店家十四两。秦琼只好和店家解释说等到他好友樊建威回来自然就有银子还于店家。可这店家嘴里虽然不说什么，但是心里早盘算起来：那几件行李不值几个钱；一匹马他骑了去，说是饮水也不好拦着，也许就骑着走了，也不能到山东齐州去找；想来想去只有那要紧的文书可以拿来做抵押。想到这，他便叫妻子拿了文书说是替秦琼好好保存，其实是做了抵押，秦琼看在眼里，心里却也明白他的意图。

　　时已秋日，树叶飘黄。店家给秦琼的饭菜已不如往日，菜少了，碟小了不说，就连面汤都是冷的了。而樊建威仍然没有音信。店家更是雪上加霜，又把秦琼从上房赶到破陋的偏房去住，连床铺都没有，秦琼只得把行李铺在草上。多亏了这店家妻子是个贤人，当晚就叩门送来热的肉羹并随盘送了三百文钱，还不忘替自己丈夫解释开罪。此情此景怎能不让秦琼感慨万分呢！第二天，秦琼不愿再看店家脸色，便带那三百文钱出去垫点便饭。这店家看秦琼不在店内用饭，又出了主意，找了两个人劝说秦琼变卖随身所带物品，说得秦琼如酒醉方醒，想到他的金锏。虽说那是他三代祖传宝器，但此时英雄落难，不能要他们如此小人看不起。只好听店家劝，拿去"隆茂号"当，想定也能当些银两。可偏偏当铺主人目不识宝，如此一百三十斤熟铜镏金兵器到了他这里竟成了废铜烂铁，最多也只能换四五两银子。这点银子根本不够回乡，秦琼只好收回兵器回到店家，再怎么盘算，身边终究还是没什么金宝玩物，就唯一还有他的坐骑——宝驹黄骠马。

店家告诉秦琼马市是五更开市，天明就散了。秦琼这一夜如坐针毡，生怕错过了马市。终于盼到了五更，秦琼拿冷水洗了脸，由店小二掌灯牵马出槽。秦琼一看自己这宝马，哀叹一声："马都饿坏了！"想他自己都被鼠目寸光的店家冷落到如此地步，就更别提这马了。不要说刚住进店时交待要喂的细料了，店小二发现秦琼身上没有银两后，连粗料都不肯给这宝马，任它饿得怎么嘶喊。还是店家这位贤惠的妻子瞒着丈夫偷偷地放些长草在槽里，可怜这匹千里神驹和它主人一般落魄不堪。秦琼看在眼里，疼在心上，但是却也无奈，如今竟也要把它卖掉了。可是此马乃是灵兽，见它主人五更来牵，也不备鞍鞯、驮行李，自知并非回乡而是要卖了它的意思。秦琼见马如此瘦，不忍用力去牵，这马更是将后腿坐下去不肯出门。店小二却不顾及这些，只想让秦琼快把马卖了还钱给他，便拿起门闩用力打马后腿，马"扑"地跳起来，店小二还不忘恶狠狠地告诉秦琼卖不了马就不要再回来。

秦琼牵马到西营马市，只见马市上尽是些王孙公子把马赏玩的，他们怎会看上秦琼这匹瘦马，走到天明穿过马市也没人看上这马，而且都躲得远远的，生怕碰了一下，这马就会摔倒。这时有位挑秸秆卖柴的老人走过来，马饿急了，看见还有点绿色的秸秆就一口扑去，结果将这卖柴的老人家一下子扑倒了。秦琼吓坏了，连忙上前搀扶。可那老人却身体强壮，翻身跳起来，连说没事，反而问秦琼这马是否要卖。秦琼一脸迷惑，老人解释道："我的身体向来都好，挑着一百多斤的柴走十几里路到这城里都不曾换换肩膀，可是叫你这匹马一扑就跌了一跤，可见这马是匹好马，虽然现在看着像快要瘦死了。好马就不要在这里卖，要找真正识马的人家。"秦琼更加迷惑了："老人家，可是我对这里也不熟悉，我怎知道哪里才是识马的好人家呢？"老人面带笑容道："离此不远，有个二贤庄，你到那里找单雄信单员外就自然能卖上好价钱。我可以给你带路，但是你的马若是卖成了，我可要一两银子作为报酬。"秦琼真是喜出望外，便跟着老人去了。

其实秦琼对单雄信是早有耳闻的，知道他是一个广交豪杰的英雄。本来到此地是要去拜会的，只是没想到如今弄到如此落魄。现在英雄就在眼前也不敢相认，只求将马顺利地卖了，等日后有机会一定再来拜会。

秦琼牵马进入二贤庄，再看一眼自己这匹宝马，鬃尾都黏结到一起了，秦琼给它分理，那马回头看他，眼中竟滚下泪来。秦琼看见了心里一酸，用手拍拍马的脖颈，仿佛在向马解释他是多么无奈多么不忍将它卖掉，那马似乎也明白主人心里所想，四蹄踢跳，连声嘶喊，秦琼也是长叹不绝。此情此景，谁见谁怜，难怪原著作者如此感慨："威负空群志，还余历块才。惭无人剪拂，昂首一悲哀。"

不管秦琼多不忍，马终将要卖。老人家领秦琼去见单雄信。秦琼隔溪望见单雄信身高一丈，果然英雄模样。而单雄信并未注意到衣着打扮已不像模样的秦琼，直奔马去了。雄信果然识得好马，他将手用力在马腰上一按，他力大无比，可是马却丝毫未动。再看这马，遍体黄毛，就像金丝细卷，无半点杂色。雄信看完了马才转身向秦琼问价钱，秦琼要了五十两，雄信因这马太瘦，还价三十两，秦琼也不再计较。

因为秦琼方才说了自己并非贩马之人，黄骠马本是自己坐骑，他从外地落难到此才忍痛卖马。所以当单雄信拿出银子时却没有直接递给秦琼，而问起秦琼是山东哪一府。秦琼不知雄信为何如此问，谁知，雄信却是要跟秦琼询问一人，他不肯直接称他名讳，叫那人"秦叔宝"。秦琼字叔宝，原来就是要打听秦琼。真是英雄相惜，秦琼、单雄信两位英雄豪杰都是彼此慕名多时，而此刻两人就近在咫尺，却因为秦琼此时衣衫褴褛，不好相认。秦琼只能假装说与"秦叔宝"是朋友，便起身告辞。秦琼拿了银子回到店家还了所欠银两，换取了批文，当夜便出城回乡了。他与单雄信虽然此次没有相认，但是不久以后就成为生死之交，两人行侠仗义，留下千古佳话美名。

第四回

英雄染病结知己
伤人发配巧认亲

　　且说秦琼进西门，已是上午时候了，马市都散了，新开的酒店门前，堆积的熏烧下饭，喷鼻馨香。秦琼这些日子也是熬得牙清口淡，在二贤庄上又不曾吃饭，此时已经腹中饥饿，暗想道："反正现在银子也有了，不如在这店中吃完再回去，省得到店小二家中，又要吃他的淡菜冷汤。"叔宝看看厅上装饰，又瞧瞧自己身上衣衫褴褛，觉得坐在上面很不般配，便走向东厢房第一张条桌上，放下行李，找条凳子坐下。边吃酒边回想这些时日的经历，正当暗自神伤时，听得店门外面喧嚷起来，两个豪杰在店门下马，带着四五个手下由店主人引着路进门来。先走的戴进士巾，一身红；后走的戴皂莢巾，一身紫。秦琼看见先走的不认得，后走的却是故人王伯当。店主人将其带入上座，吩咐小二一番好招待不说，秦琼正在落魄之中，恐被伯当看见了，拿了行李起身要走，站起来才发现这里栏杆围绕，二人却坐在中间，想出门必须得经过两人身旁。秦琼又不好从栏杆上跨过去，只得背着脸又坐下了。他若只顾埋头吃酒，倒也没人去看他；因他本来就身高体壮，再加上起起坐坐的，就被王伯当看见了，觉得背影眼熟。秦琼越怕被认出来越不自在,头也不抬,筷子也不动,如伏虎一般,这下越看越觉得像了。王伯当起身过来看,秦琼见他要走来,只得自己起身承认。便入席一同喝酒,伯当又介绍同来的朋友与叔宝认识,原来这人是王伯当交往深厚的同僚,姓李名密,字玄邃,世袭蒲山郡公,家住长安。因为当今皇上猜忌,两个人便辞官出游了。席间叔宝将自己如何押解囚犯来此,等候批文,自己因为没有银两,落魄不敢与单雄信相认,改名换姓将宝马卖给他的事情一一说与两人听。王伯当见叔宝如此狼狈,伤感凄凉,不觉相拥而泣。王伯当和单雄信都是相识的,便约秦琼一起去二贤庄拜会单雄信,顺便讨马回来,秦琼因为自己当时未曾相认,又冒名卖马与人家,觉得羞于见面,只好推脱道:"弟已离家太久,非常思念母亲,再加上还有公文在身,急着回乡,日后定再来拜会。"于是酒后三人匆匆道别,回到住店的地方,结完账从店主人那里拿回批文,连夜出东门往家赶。

王、李二人怕秦琼急于回家,单雄信再见不到他,便连忙赶路,终于在黄昏时候赶到二贤庄,三人见面自然是欣喜万分。谈起当初买马时的情景,单雄信连连点头,说难怪觉得当时卖马人欲言又止,挺奇怪的,自己得到宝马良驹只顾高兴了,也没有多想,禁不住自责起来。一是急着和秦琼相见,再加上老朋友相聚,索性就不睡了,三个人喝酒到五更天,便备好马匹去找秦琼。赶到王小二店时得知秦琼已经连夜回乡,三人正欲追赶,忽然单雄信家有凶信到了。原来雄信的哥哥被唐公李渊当作强盗给误射死了,雄信只好取消追赶秦琼的念头，回家奔丧了。就这样又错过了相见的机会。

再说秦琼，平日里是骑惯了马的，如今只得步行，还要拿着行李，背着兵器，黑夜里还迷了路，等到天亮走上官道时回头看城墙还清晰可见，整整一夜，走了最多不过五里路。秦琼昨日见到王、李两位友人，心中很是不自在，连日来饮食不好，又连夜赶路，再加上十月份的夜里天寒霜露太重，染上风寒，觉得耳红面热，浑身似火。但还是硬撑着走了五里多路，不觉来到一座大庙前。秦琼见庙宇轩昂，想到里头歇息一下再走，不想四肢无力，头晕目眩，被门槛绊倒在香炉下，背后背的两条金锏将身下的磨砖打碎七八块，守庙的哪里搀扶得动他，便报给观主。其实这观主，也非等闲之辈，他姓魏，名征，字玄成，天文地理、诸子百家、韬略著书无所不精，而且胸有大志，喜欢结交英雄豪杰。他昨夜仰观天象，知道将会有贵人到此。于是急忙赶去，看过秦琼的病情之后，将其安顿好，给他煎药服用，秦琼的那双锏也无人拿得动，便叫庙中道人用草绳捆着放在殿角。不觉半月过去了，秦琼在魏征的照料下也渐渐康复，到了十月十五日，按照风俗，这天附近的居民都要到庙里来做会，单雄信作为当地的重要人物自然是缺席不了的。他趁自己手下去请魏征的时候在殿里游玩，发现了殿角里放着的双锏，雄信心中惦记着秦琼，便格外关注，正要追问众人。见魏征走了出来，便询问双锏来历，魏征将事情经过一五一十地告诉他，原来正是苦苦寻找的秦琼，雄信心中大喜，便用一顶暖轿将秦琼接到二贤庄精心照料。从此，魏征、秦琼、单雄信三人便结成了知己。

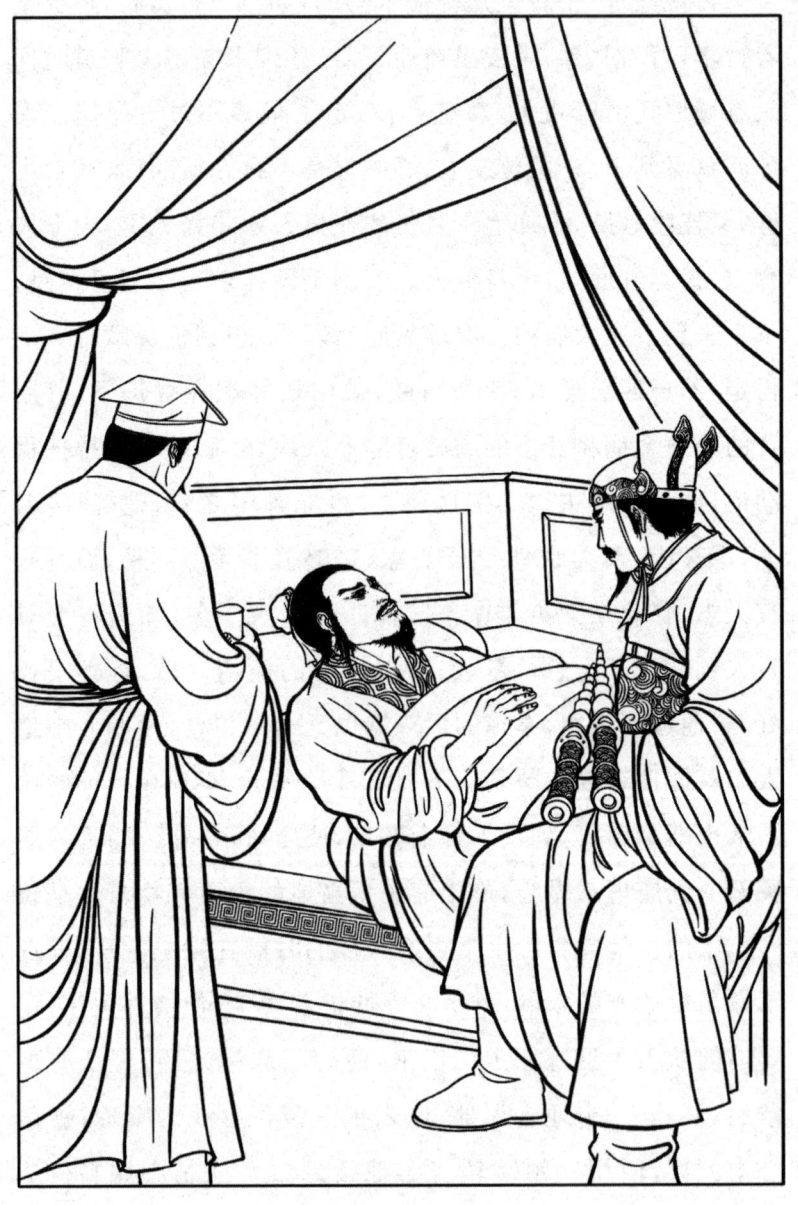

秦琼染病结知己

　　不知不觉除夕已过,秦琼的病也好了,他思家的心也更加迫切了,单雄信见秦琼吃饭不香,酒喝不进,觉也睡不好,便答应让他回家,然后将魏征请来,为秦琼送别。临走之时,雄信又对秦琼一番嘱咐,送他一个熔金马鞍,一副新铺盖,五色丝绸、御寒衣物,还有五十两纹银。秦琼思乡心切,出庄上马,那黄骠马见到旧主人也非常兴奋,一口气跑出三十里路才收住脚步。

　　到了黄昏时分,秦琼正好到皂角林这个村镇,人累了,马也有点乏,准备找个店住下,等到明天一早再赶路。这皂角林夜间常有盗贼响马出现,偷客人的行李包裹。秦琼住的这家店的店主张奇是这个地方的保正(官名),因为没有抓到响马,一行人去潞州府衙去了,只有老板娘在店里招呼客人。秦琼到了店内酒足饭饱后已经是深夜了。刚好店老板张奇被怀疑与响马勾结,被蔡刺史打了十大板,让一帮捕盗的官差押送回来。张奇把刺史如何责备他的经过告诉了夫人,这老板娘说正好有个来历不明的大汉来住店,新衣服新铺盖,随身携带兵器,人高马大,没有随从,既不像武官也不像是客商,独自来住店的。众人便一起到后面去看秦琼的马,果然是外地的马匹。又见秦琼的房间还亮着灯,便到他房外偷看。秦琼吃完晚饭,把房门拴上,打开铺盖要睡觉,但是觉得铺盖重得很,一捏感觉里面有东西,没法睡,于是把线拆开后用手把东西拿出来,原来是一块块的银子,拿出来堆了满满一桌子。秦琼又惊又喜,原来是单雄信怕赠他不收,便偷偷地藏在铺盖里面,当下心中十分感激,因为单雄信让人把银子都弄成了方块的,不知道有多少,便逐块拿在手里掂一掂。门外的官差看到这个情景更加确认他就是响马了,否则自己带的银子怎么会不知道有多少呢。于是这帮官差将秦琼的马牵走藏了起来,并在门外布置了十几条绳索,决定让一人先将他引出来然后再捉拿。店主人张奇看见这一桌子的银子就起了贪心,觉得这银子具体有多少谁也不知道,就想自己先进去偷偷地拿几块。于是便说自己对环境比较熟悉,自告奋勇要求先进去将他引出来。那帮官差正求之不得呢,便应允了他。张奇一口气喝了三碗热酒,借着胆子过去踹门,这门闩也是用的年头多了,异常滑溜,张奇一脚就踹开了,张奇进门就奔着银子去了。若没有这些银子秦琼最多将来人拿住,问个明白,把他送到官府也就罢了。但因为有这么多银子,以为响马来抢银子了,心中怒火上升,伸手一掌,动手便打,张奇哪里经得住他这一掌,一下子给打得撞到墙上,脑浆迸裂,当时就气绝身亡。可怜这张奇,几两银子没到手,反而将命给搭进去了。

秦琼这下可就着急了,心里想就是误伤人命,一经官也不知道会什么时候才能解决完,反正也没人知道我姓名,索性不要这些行李,走人要紧。想到这儿便往外跑,不曾想到外面已经密布了绳索,他一下被绊倒在地,这些官差捕人的经验十分丰富,用挠钩将秦琼钩住,五六根水火棍便往秦琼身上打,秦琼趴在地上用臂膀保护头部任他们击打,这几根棍子都打折了,这些捕快又换了铁鞭、铁尺等兵器乒乒乱打。可怜秦琼被绳索绊着空有一身本事却施展不开手脚,被这些捕快用绳索捆住绑了起来。有人拿来笔墨纸砚准备记录响马的口供。秦琼忙解释道："我本是山东齐州府刘爷的手下差人，押解囚犯到这里，得病耽搁了回家，现在朋友赠予金银回乡，没想到在这里被错认为是响马，才会误伤了人命。"这些捕快哪里肯听他的解释，清点了银子的数目，一一记下，牵着马押解着秦琼回潞州城，那张奇的妻子也叫人写了状纸一同往潞州城来。

到了潞州城已经三更时分，太守听说在皂角林拿住了响马，有赃银四百余两，还有马匹和兵器，便连夜进行审问。幸好有魏征、单雄信作证银子的来历，并在衙门中用银子周旋，最终给秦琼判了误伤人命，发配到幽州充军。单雄信也买通了押解的官差，并给幽州的尉迟南、尉迟北二兄弟写信，请求他们照顾秦琼。

不几日到达幽州城，官差将书信送给尉迟二兄弟，二人见单雄信的书信后，都很激动。见到秦琼身上戴着枷锁便勃然变色，亲自将他身上枷锁除去然后拜见，诉说了仰慕之情和不能相见之苦。秦琼将自己如何押解罪犯到潞州，自己如何在二贤庄养病，单雄信又赠自己四百余两银子返乡，后来皂角林误伤人命后单雄信又不惜千金救了自己一命，才会发配于此的经过都一一讲了。虽然有朋友相助，这些人仍是担心，原来这个地方官相当的厉害。他是北齐的勋爵，姓罗名义，北齐国破之后不肯投降，带领一支兵马杀到幽州，当今皇上多次来攻打都失败了，于是颁布招安诏书，将幽州城划归给他，自己收取租税。罗义便拥有雄兵十万镇守幽州。此人怕行伍中的人顽劣不受管制，凡是押解过来的罪犯一见面就打一百杀威棒，能活下来的不多。这些人听到这个都惊诧不已，幸好尉迟二兄弟经历得多了，在文书上做了手脚，正好在府里老妇人吃斋念佛的日子押解进府，想这样可免去一百杀威棒。

待到帅府开门，中军官、领班、旗鼓官、旗牌官、听用官、令旗手、捆绑手、刀斧手，一班班，一对对，一层层，都进帅府参见毕，各归班侍立府门首。等到执旗官叫人犯，秦琼便在童环金甲的押解下进入大门。两旁刀枪林立，威严无比，秦琼在这等威严之下觉得自己身子都小了。他跪在地上，偷眼望了望上座的官员，须发斑白，一品大员的官服，端坐如泰山，巍巍不动。旁边的官员将押解文书呈递上去，一看是得意门生潞州刺史蔡建德衙门押解来的，便将文书看到底，要是别的衙门来的直接就发落了。当他看到人犯姓名秦琼，山东历城人时，不觉心里吃惊。略一思量便吩咐中军官将秦琼带回，午堂后听审。童环、金甲，听见叫他下去，觉得走得太轻松了，非常惊讶。再说罗义退到后堂后，褪去官服，让家将把刚才的文书拿来，从头到尾又仔细读了一遍，请夫人秦氏出来商议。原来这秦氏夫人的兄长秦彝当年在齐州战死，留下的嫂子宁氏生下了儿子，取名太平郎，已经有二十多年了。今天罗义见到秦琼正好是山东历城人，年龄也差不多，便想到是不是太平郎。二人商量过后秦氏夫人便带自己十一岁的儿子罗成藏于垂帘之后，看看是不是自己兄长家的儿子。于是罗义再次例行公事传唤人犯，带到堂上时，两位家将把金甲、童环拦在外面,将秦琼单独带入后堂。这次罗义素衣打扮,两边的家将也是包巾扎袖,不似上午一样的威严吓人。罗义仔细询问了秦琼的经历,秦琼一一回答,当问到是否知道北齐武卫将军秦彝时,秦琼含泪回答:"那正是我的父亲。"这时,坐在垂帘后面的老夫人等不及了,急忙问:"那你母亲是何人?"秦琼说道:"母亲宁氏。""那你乳名可是太平郎?"老夫人忍不住站起身急切地问道。秦琼正感到奇怪:老夫人怎知道自己乳名。只见老夫人等不到下人搀扶,径自走出后堂抱着秦琼大哭,秦琼却一脸惊诧,不敢相认,哭拜在地。罗义也在一旁长叹道:"你就是我寻找多年的侄子!"秦琼赶忙跪拜姑姑和姑父,并与表弟罗成拜兄弟之礼。早有下人除去秦琼的枷锁,告诉在外等候的押解官,说秦琼是老爷的内侄,金甲、童环和尉迟兄弟自然是高兴万分。

正是祸福相倚,英雄否极泰来,不仅躲过一场杀身之祸,更是找到失散多年的亲人。从此秦琼、罗成兄弟互相传授武艺,一家亲人欢聚。

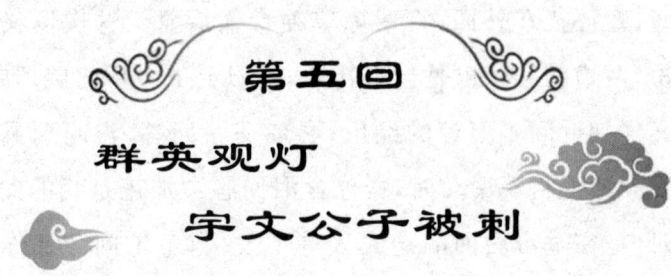

第五回
群英观灯
宇文公子被刺

　　自古天下就有很多不平之事,同时也有很多打抱不平之人。而那些十恶不赦,做尽坏事的人最终会受到惩罚。接下来讲的这个故事就验证了这个道理。

　　又是一年新年,而且与灯节临近,秦琼与王伯当商议去长安,临行前去见了李靖。李靖在江湖上漂泊多年,凡诸子百家、九流异术无不留心钻研,而且非常擅长看人面相。他问了秦琼的年纪观其面相后,说道:"你印堂有黑气入侵,恐近日内要有惊恐之灾,出门一定要多加小心,到了长安城不要贪图玩耍观灯游玩。"本来见面挺高兴的,这一席话说得秦琼心中很不安,赶忙起身告辞了。

　　秦琼回到住处,和一帮朋友收拾好东西结伴进城。他们一行人共七匹马,三十多人,王伯当在马上回头看看,笑着道:"我们七个人骑马,后面二十多人背着包裹跟着,三十多个人进城去,在街上热闹之处或是酒肆茶房,太扎眼了,而且不太方便,万一有什么事我们骑马就可以脱身,要这些人都在身边就不好说了。"秦琼一想也对,又想到了李靖的话,也开始留心了。李如珪建议道:"不如我们将马骑到城门口就行了,只带两名有规矩的家将一同进城,将这些手下人安排到城门外边的店里,众人轮流看管,到黄昏时整顿好马匹行李,等候我们出城,诸位觉得如何?"众人都觉得有道理,有了事情还可以接应。说话间就到了城门口,便按照路上说的,安排好了随从,秦琼便和一帮朋友随身携带兵器,领着两名家将进了长安城。

再看这长安的六街三市,本来就是十分热闹的地方,而现在当今天子要与民同乐,所以上至王公大臣,下到黎民百姓,家家张灯结彩,收拾灯棚,众位豪杰一路走一路看。等到这些英雄看完长安门外的灯已经是初更了。这一行人中有位叫作齐国远的,很早便落草为寇,从来不曾来到长安这样的都市,又赶上这等热闹的节日更是非常欢喜。他也顾不得和其他人讲话了,晃动着他那粗笨的身躯,在人群中挤来挤去,只觉得眼花缭乱,看不过来了,欢蹦乱跳地按捺不住喜悦的心情。不知不觉进入长安门,来到了御灯景区,这里更是光彩夺目。原来这座灯楼却不是纸绢颜料扎绑而成,而是由海外异香,宫中宝玩堆砌而成。它上面用金镶玉嵌写成一副对联:三千世界笙歌里,十二都城锦绣中。与民间灯盏大为不同。这王伯当、柴嗣昌、齐国远、李如珪一行人看过了御灯楼,又东看西瞧,酒馆、戏院、茶楼,到处都有看不够玩不尽的地方,哪里还思量要回家。秦琼屡次劝说他们出城,根本劝不动。长安的男女老少们也都相互约好一同出来游玩,有一些年轻的女子一个个装扮入时,风流俊俏。她们在灯市里面穿来穿去,惹得长安的这些王孙公子哪里有心思去看灯,都跟在这些美貌的女子后面寻机搭讪。

长安城中有一个孀居的王老太,一时高兴,也领了自己十八岁的独生女儿婉儿一起出来看灯。这婉儿长得腰似三春杨柳,面如二月桃花,在灯下看来更是迷人。母女二人一出门便被一帮游荡子弟跟上了。到了大街之上,人头攒动,接踵摩肩,两人正十分懊悔出来看灯,不巧美丽的婉儿一下子被宇文公子的下人给看到了,急忙飞奔告诉公子。这宇文公子一听前面有俊俏女子,急忙追上。一见到婉儿的容貌当即心花怒放,心想长安城这么俊俏的人自己怎么现在才发现。又看到只有一个老妇人跟随,于是就过去调戏婉儿。那王老妇人不认识这宇文公子,实在看不下去了,便训斥他。宇文惠及正好抓住这个把柄,假装发怒,说这妇人顶撞他,太无礼了,让家丁将她们母女捉拿回府。这大街上行人都认识宇文公子,平时躲避还来不及呢,谁敢上前阻拦。

宇文公子等人回到府门,便将王老妇人关押在门房,径直将婉儿带到书房。宇文惠及只留下几个丫鬟伺候。便要上前非礼婉儿,婉儿性子也是十分贞烈,看到宇文惠及近前亲热,便向他脸上撞来,还伸手就打,宇文公子折腾半天没有结果,一气之下让丫鬟将婉儿打了一顿,关在房门内,吩咐不要放她出来。宇文公子出来看见那老妇人在外面高声叫喊,以死相逼,追要自己的女儿。便说道:"你的女儿已经归我了,你赶紧回去吧,不要在这里等着挨打。"这老妇丢了女儿,哪里肯就这样罢休,依然捶胸顿足叫喊:"不要说打,就是杀了我,也得把女儿还给我呀!"原来这老妇人就这么一个女儿,母女一直相依为命,现今婉儿已经许配人家,正等待着出嫁。宇文惠及哪里肯听她在这里乱喊,叫手下连推带打,搋出了巷口,将其关在外面。

宇文惠及还是耐不住寂寞,又带了一二百名家丁到街上闲逛。再说秦琼一帮人正在到处玩耍,看见街上一圈人围绕喧闹,忙分开人群挤了进去。王伯当问旁边的人:"这个老妇人在街上哭什么?"一旁观看的人说道:"各位,不要管这件事,这老妇人不懂事,自己的女儿受了聘礼,还没有出嫁呢,便带到街上来看灯,却不曾想被宇文公子看上给抢走了。"秦琼问道:"哪个宇文公子?"那人道:"就是兵部尚书宇文述老爷家的三公子。"这时候秦琼早把李靖的话丢到九霄云外了,这帮人又都是爱打抱不平之人,听这话一个个都恶气填胸,双眼喷火。问那老妇人:"你姓什么?"老妇人将自己的姓氏和住的地方如实回答。秦琼问两旁的人:"那公子抢他的女儿可是实情?"众人说道:"不是今天才抢的,十二日就已经抢了。按照长安的风俗,每年的元宵节赏灯,百姓人家的妇女都出来看,这宇文公子看见好的就抢回家中,乖巧会奉承也就罢了;有些不听话的,冲撞了公子便打死丢掉,也没有人敢向他索命。"刚开始秦琼还有要将人赎出来的想法,现在就有了动武的念头。逢人便问宇文公子,众人说道:"这宇文公子养了许多亡命之徒,都是不怕死的,每天都带一二百人出来。看装束你们都是京城外面的,自己要多加注意,否则遇上公子会伤到你们的。"

秦琼领了众豪杰便去寻找宇文惠及,真是不是冤家不聚头,正在寻找之时,这宇文公子带领数百家丁来到近前。秦琼等人借着一群舞弄社火的靠近了宇文惠及,秦琼是两条金锏,王伯当两把宝剑,柴嗣昌一把宝剑,齐国远两柄金锤,李如珪一条钢鞭。这齐国远心想,这个时候打死他也不难,难的是看的人太多,难以脱身,不如放一把火,这百姓忙于救火,正好我兄弟几人逃脱,起身一跃,到灯棚上放起火来。秦琼看到火起了,纵身一个虎跳,抡起来照着宇文惠及头上就是一金锏,这六十四斤重的金锏打在头上,连宇文公子乘坐的马匹都矮了半截身子,这宇文惠及哪里还有命在?公子手下众将一看公子被打死了,一个个举着兵器向秦琼打来。这几位豪杰抡起兵器,放开手脚,大开杀戒,从人群中杀出一条血路,直奔城门而来。到了城门,早有手下随从得到消息,准备好了马匹,便飞身上马,带了一干人等绝尘而去。

宇文惠及贪色逞恶终食恶果,只是城中房屋烧毁无数,可怜黎民百姓无家可归跟着受苦了。

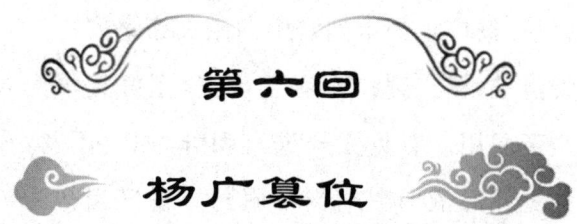

第六回

杨广篡位

　　自古红颜多祸水，古今多少人因为一时兴起而丧身失位，更有甚者，不顾名分，做出忤逆之事，害人害己，这隋朝当今太子便是其中之一。

　　杨广当年为了自己的贪欲，设计陷害哥哥杨勇，逼走李渊，终于谋取了东宫太子的名分。虽然自己的愿望实现了，但是碍着母亲独孤娘娘，也不敢为所欲为，日日节制自己的行为。谁料到刚刚册立东宫，这独孤娘娘就去世了。这下杨广可没有惧怕的了，没有了母亲的约束，平日里用来掩人耳目的俭朴的生活不见了，不近女色也装不下去了。没有了独孤皇后的约束，隋文帝胆子也大了，宠幸了宣华陈夫人和荣华蔡夫人，每天与两人耳鬓厮磨，得意万分，奏章也不看，国家大事也不过问，渐渐地把朝政大事都丢给了太子杨广。到了仁寿四年，隋文帝已经是六十多岁的老人了，依然和往常一样，不顾自己的身体，每日纵情欢乐，但毕竟年纪大了，日日如此，精力耗费过度，到四月时候已经身体不支，显出病态了。于是他命令在长安城外建立一座仁寿宫用于养病。在这期间尚书仆射杨素、礼部尚书柳述、黄门侍郎元岩住在宫中伺候,太子杨广也经常到宫中向隋文帝请安。

一天清晨,杨广到仁寿宫去请安,正好宣华夫人正在调药给隋文帝服用。看见太子进宫朝拜,回避不及,只得答拜与太子。见礼后依旧喂隋文帝服药。杨广当初为了谋取太子的位置,曾经求宣华夫人在文帝面前给他说好话,曾经送给她金银玉器珍玩无数,虽然宣华夫人当时都已经接纳了,但是两边却从来没有见过面。现在两人同在龙床前服侍隋文帝,都不避讳。正好有机会仔细地观察她,只见这宣华夫人,举止风流,动作优雅,肌肤如温玉般色泽,面色更如二月桃花,说话莺声燕语,走路如春风摆柳。杨广直看得魂销魄散,但在父皇面前也不敢放肆,站在龙床旁边,目不转睛地偷眼看着,强迫自己按捺住一腔欲火。

没过几天,杨广又到宫中探望父皇,远远地看见一美人,身边没有带随从宫女,一人缓缓地走过来,太子抬头一看,正是宣华夫人,当即心花怒放,心想机会终于来了! 于是他让自己的随从在原地等候,自己尾随着宣华陈夫人进入更衣室,那陈夫人看见太子进来,转身要走,杨广可就顾不了那么多了,一把拉住了陈夫人说道:"夫人,我每日与夫人在龙床相见,却好像远隔千山万水。今天难得这样方便的时候,希望夫人能给我片刻时间,了却我平生愿望。"宣华夫人斥责他道:"太子,我已经托身于皇上,你怎么能这样不顾名份呢!"杨广说道:"夫人何必这么认真呢? 人生要及时行乐,要什么名份不名份的。识时务者为俊杰,眼见父皇已经病入膏肓,没有多少时日了,将来天下还不是我的,现在你不依了我,给你自己做点人情，以后再想这样就晚了。"边说边往陈夫人身上凑。陈夫人到底是一个弱女子，力气微弱，哪里抵挡得住杨广，正觉得无法解脱之时，听得宫中一片呼喊，原来皇上宣陈夫人。杨广虽然很恼怒但也无可奈何，只得放陈夫人出去。此时的陈夫人，虽然衣服都被撕破了，但还是庆幸逃脱魔掌，神色慌张地进宫去了。

陈夫人稍微休息了一下，等气息略微平静了，知道是隋文帝睡醒了，准备要服药，于是赶忙进宫，不敢耽误片刻。不曾想到慌慌张张得连头上的金钗被帘钩钩了下来，正好掉在金盆里，叮当一声，在幽静的寝宫里面清脆无比，一下子将隋文帝惊醒了。隋文帝睁眼看见陈夫人面色慌张地站在龙床前，便问陈夫人："你为何如此惊慌?"陈夫人慌乱答道："没，没有惊慌。"隋文帝觉得奇怪，于是仔细一看，只见陈夫人满脸的红晕，而且头发松乱，鼻息中略微有喘息之声。隋文帝责问道："我看你举止异常，一定隐瞒了什么事情，若不直说，我就赐你死罪!"陈夫人见到隋文帝大怒，赶紧跪倒在地，诉说太子对她的无礼行为。隋文帝听见这事，气得怒火中烧，更后悔听了独孤皇后的话，废了杨勇而册立杨广为太子，当下要宣柳述和元岩进宫。

再说杨广，心里也很是担心这事，出宫后便在门外等着消息。一听到只宣柳述和元岩而不召见杨素，就知道形势不妙，急忙回来召集张衡、宇文述一帮人。正在商议时，杨素匆匆赶来对杨广说，今天皇上不知道为什么对太子很是生气，宣召了柳述和元岩进宫，要召回以前废掉的太子。这些人当然也知道太子复位的后果。当下众人商量，决定传假圣旨，找理由将柳、元二人下狱，将宫内守卫替换，并派兵把守宫门，不许任何人出入，再派人前往长安去加害杨勇。分工后立即下手，宇文述带领手下，赶在路上将柳、元二人绑缚到大理寺。同时郭衍已经将宫中侍卫全部更换为太子的手下，分头把守，此时隋文帝还是半睡半醒，吩咐陈夫人在柳述写完诏书后立即盖上玉玺，发布下去。这时，只听见外面非常喧闹，原来张衡带了二十几个太监径直闯到宫来，吩咐东宫旨意，说这些宫中服侍的宫女太监多日来辛苦得很，太子让带来这些人替换他们，这些人在宫中很久不曾出去，听到有如此旨意便高兴地退下去了。只剩下宣华夫人和荣华夫人在龙床前伺候。张衡看到文帝昏昏沉沉的，便以打扰皇上静养为名让两位夫人离宫，两位夫人放心不下，但也没有办法，只得出去，并让宫女在门外打听。不到一个时辰，张衡懒洋洋地走了出来，说皇上驾崩了。这些宫女妃嫔心中都在猜疑，但是却不敢说什么，只有陈夫人心里明白，知道是太子害怕皇上加害于他，先下手为强，弑君篡位。又一想，这件事是由自己引起的。太子忍心加害他的父亲，还不忍心加害自己吗，想与其遭他杀害还不如自尽，也算对得起圣上，心里虽然这样想着，但是真的要自尽时还是决断不下。

这边也是忙得不可开交，杨广和杨素也像热锅上的蚂蚁，焦急地等待着消息。正等着时，只见张衡急急地走来恭喜太子大事已成，只可惜宣华夫人也要一起死了。太子当时转喜为忧，急忙将日前与杨素一起定下的计划拿出来，重新安排京城防护和各路人马。自己却偷偷地叫下人拿着一个密封的黄金小盒子让内侍赐予陈夫人。陈夫人在宫中不思茶饭,痛哭流涕准备以死殉圣上时,内侍拿来新皇上赐给的东西,陈夫人看见是一只盒子,首先想到的就是毒药,想到自己亡国被俘,幸得先帝宠幸,还以为是这辈子的福气,谁知道又遭此横祸,一阵心酸,眼泪簌簌如泉水般涌出。内侍看见这样唯恐出什么事情,便叫她先打开来看。陈夫人含泪打开盒子,一看哪里是什么毒药,乃是一个五彩同心结,陈夫人见此,知道太子没有忘了她,却也不拿,也不谢恩。内侍和陈夫人的奴婢纷纷劝她接受皇恩,陈夫人无奈,只得叹了一口气,将同心结拿到手中,并拜了几拜。

隋文帝驾崩之后第二天,杨广继位,他颁布诏书,将在朝的文武百官加官晋爵,并犒赏边疆军士,并追封已废太子杨勇为房陵生,来掩盖自己曾经加害于他的罪过。杨广不仅乱人伦,而且弑父杀兄,篡夺皇位,此等暴君掌握天下,必定统治不了多久,老天就会安排有才德之人来结束他的王朝。

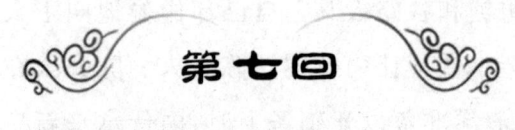

第七回

隋炀帝开运河
皇甫君打巨鼠

自古说道：人为财死，鸟为食亡，人见到利益后便会起贪心，不要说是市井小人，见了金银满心欢喜，即便是脱离尘世的和尚道士，虽然整天诵经念佛，到时候也难免会动心。纵然你寒窗读书十载，步入仕途后，有些人也会忘记礼义廉耻，不管什么民脂民膏也要搜刮到家中，却不知道终是因果相报。

一天，隋炀帝上朝，一帮大臣都在候驾，就问道："那天让众位卿家谈论广陵河道的事情，有没有商量出来什么结果啊？"宇文述上前奏道："臣等和工部河道的官员细查了一下，并没有一路可以通的。现在大夫萧怀静说有一条河道可以通，所以臣等今天一同来向圣上禀告。"原来这个萧怀静是萧皇后的弟弟，也就是当今的国舅，现在担任大夫的职位。隋炀帝听到非常高兴地问萧怀静："你有什么办法可以直接通往广陵啊？"怀静答道："从这里到大梁的西北，有一条旧河道，秦朝时的大将王离曾经在这里挖掘河道，引孟津的水一直到大梁。现在因为年久失修，已经阻塞不通了，如果能够召集大量的民工，从大梁开始，经过河阴、陈留、雍邱、宁陵、睢阳等处，一路重新开浚，引孟津之水，东接淮河，不过一千里路，便可直到广陵。臣还听说睢阳有天子之气，现在要是开挖河道一定会穿过那里的，必定会挖断那里的天子之气。到时候不但开通了河道，而且解除了后患，岂不是一举两得，不知道皇上认为如何？"隋炀帝听完十分高兴，当朝传旨，命令征北大总管麻叔谋为开河都护。又对众人说道："如此浩大的工程，应该找一个人协助他才是。"当时宇文述正在怨恨李渊杀害了他的儿子惠及，想要解除他的兵权，便趁此机会对隋炀帝说道："太原的留守李渊，非常有才干，皇上可以让他协助。"隋炀帝于是就让李渊为开河副使，并下旨征调天下十五岁以上、五十岁以下的民夫开赴河道，如果有隐藏不去的，诛灭三族。圣旨一下，也没有人敢进言了，随即衙门便催促麻叔谋和李渊上任。

麻叔谋此人，生性十分残忍，而且贪婪。一听说自己升任了开河都护，十分欢喜，当时就赶赴上任去了。此时李渊的姑娘和姑爷柴绍夫妇正在鄠县，听说了圣旨后知道这是宇文述的奸计，要将自己的岳父李渊调离太原，找个理由来加害他。李氏便对丈夫说道："这种差事，不仅仅有祸端，而且还要遭到老百姓的怨恨。"急忙一面让人去报告李渊，一面让自己的丈夫柴绍携带大量的金银珠宝到京城去打通关节。柴绍到东京买通了萧皇后的一个嫡系的弟弟萧炬，还买通了隋炀帝的一名宠臣宇文晶，用足了银子。找借口说唐公李渊有病，改差左屯卫将军令狐达，让李渊留在太原养病。这两名开河官员领了圣旨，限定河深十五丈，四十步宽。从河南到淮北,总共征调了壮丁三百六十万。还让每五家出一名妇女来做饭送饭,总共有七十二万。又调集了河南山东等地的骑兵五万,用来监督工程的进展。无论是山脚、坟墓还是民居,所经之处,全部挖掘。这些开河的民工,每天劳动强度很大,还要风餐露宿,遭受监工的鞭打。一天,一帮河工开挖河道到一个地方,忽然看见下面隐隐约约露出了一条屋脊。这些河工慢慢挖了下去,挖到一所四周由白石砌成的堂屋,有两扇石门,关得很紧,不能打开。这些河工都认为里面会有金银宝物,于是一起挖掘,谁料想门就像生铁浇铸一样,任他们百般敲打,一丝一毫都没有动。这时候有人将此事报告给了麻叔谋,于是他便和令狐达一起过来看,令狐达看过后说道:"这座坟墓并不像是古代帝王的陵寝,一定是哪个仙家的,这不是用斧凿可以打开的,必须具礼焚香,宣读皇上的旨意来拜求,或许还可以打开。"麻叔谋没有办法,只好让手下士兵摆好香案,同令狐达一同穿戴好公服,宣读圣旨。还没有祷告完毕,只见一阵冷风忽然卷来,一声响亮,两扇石门轻轻地打开了。进去后发现里面有几百盏灯,点得雪亮,好像白昼一般,中间放着一个四五尺长的石匣。麻叔谋看后心中有些胆怯,也不敢轻易打开来看。绕到后面却是一个小圆洞,停着一个石棺,麻叔谋又同令狐达拜了几拜,让人打开,只见里面躺着一人,容貌白里透红,容颜好像活着一样,浑身肥胖如玉,满头的黑发,从头顶一直到脚下,又从身后绕上去,直到脊柱中间,手上的指甲都有一尺来长。麻叔谋看后,心想这一定是得道仙人,所以不敢让人轻易触碰,让人重新盖上。回到前面将前边的石匣打开，里面一块三尺长的石板，于是让人在山中找来能认得上面字的一位百岁老人读了出来："我是大金仙，死来一千年。数满一千年，背下有流泉。得逢麻叔谋，葬我在高原。"麻叔谋看到上面连自己的名字都有，心下惊诧不已，于是和令狐达商议，选取了一块风水较好的地方，进行迁葬。

后来又挖到陈留时，忽然乌云密布，刮起狂风，暴雨冰雹扑面打来，那些河工仓皇躲避。麻叔谋不相信，亲自过来看，也被打得退了回去。急忙找到当地的人询问，那些人说汉代的张良是这里的神，十分灵验。麻叔谋知道是张良显灵，要保护疆界，只得奏报朝廷。隋炀帝命令翰林院做了一道祝文，加盖玉玺，派人过来祭奠，才得以开通。

又过了些时候，挖到雍邱地方一带茂密的树林之中，有一座坟墓，上有一座祠堂，正碍着开河的道路。麻叔谋看后发觉周围非常有灵气，凿开后发现里面深不可测，而且隐约还有钟鼓之声，这些河工无人敢下去。令狐达沉思了很久，想到了一个人，这便是狄去邪，此人平日非常喜欢剑术，为人有胆气和智谋，正在后营当差。麻叔谋听后急忙差人去请，去邪见麻叔谋来请，只好换了公服来参见。再看狄去邪，身高八尺，膀阔腰圆，双眼炯炯有神，真是一个好汉。麻叔谋将事情的来由告诉了去邪后，便一起来到了洞口，狄去邪看过后说道："既然要下去，就不能斯文着下去。"于是脱去了公服，换上一件紧身的细甲，腰悬宝剑，让人用几十丈的绳索带了许多用于联系的大铃坐在竹篮中被送了下去。最初见下面还很亮,等到了下面,却又有些黑暗,于是闭上眼睛等待了一会儿,再睁开眼睛时觉得前面略微有些光亮。于是朝着光亮的地方摸索着走了过去,越往前面越亮了。忽然到一处时,猛抬头看到有天有太阳,真是另一个世界。狄去邪看了不禁感叹道:"人们只知道在世上争名夺利,谁知这深穴中又是一重天地,真是天外有天。"看到这,他早已把功名看淡了几分。于是信步向前走去。转过一带石壁,忽然看见一座洞府,四周用白石砌成,中间一座门楼,门外列着两个石狮子,就像人间王侯的宅第。狄去邪走进门去,并不见有人在内,只见向南一座石门紧紧关着。忽然听见东边一间石房里有声音,狄去邪忙走到近前,从窗户往里观看。见里边四角上都是石柱,石柱上有一条铁索,系着一个怪兽。那怪兽正在蹬蹄子,所以才弄出声响来。再看那怪兽长得尖头贼眼,脚短体肥,像一头牛那么大,又不是老虎,也不是豹。狄去邪看了好半天,也认不出是什么,猛然间想了一下,再定睛一看,原来是只大老鼠。狄去邪非常吃惊:"老鼠有这么大,不知道猫会有多大?"正在呆看时,忽然看见正南两扇正门打开,走出一个童子。童子看见狄去邪便问道:"将军莫非是狄去邪?"狄去邪大惊道:"正是,仙童怎么知道?"童子道:"皇甫君等待将军多时了,请快快进去。"

狄去邪觉得奇异,但是只得随着童子进门。见殿内厅堂宽敞,不是等闲气象。走到殿前,见坐着一位贵人,身穿龙蟠绛服,头戴八宝云冠,像个帝王,左右还站着许多官吏,阶下侍卫森严。只听那贵人道:"狄去邪,你来了吗?"狄去邪答道:"狄去邪奉当今圣上开河,护卫麻叔谋差我探穴,不想误入仙府,实在有罪。"那贵人说道:"你知道当今炀帝的尊容吗?你先站在一边,我叫你来看一个东西。"就对旁边一个凶恶的武士说道:"快去牵那个阿摩过来。"那武士听了,慌忙手拿巨棍,大步向外走去。不一会就听见铁链声响,那个武士将一条长链牵着一个怪兽进来,狄去邪一看,原来是那个大老鼠。那贵人在上面怒目而视,把寸木在桌上一击,道:"你这畜生,我让你暂时脱去皮毛,变成一国之主,苍生何罪,竟遭你荼毒;你荒淫肆虐,竟然到今天这个地步!我现在就把你打死,以泄人鬼之愤。"于是命令武士重重地打它。那武士举起大棍就往老鼠头上打一下,那老鼠疼痛难忍,咆哮大叫,就像雷鸣一般。武士刚要举棍再打,忽然半空中降下一个童子,手捧一道天符,忙止住武士:"不要动手。"对皇甫君说道:"上帝有命。"皇甫君忙下殿来,俯身在地。童子转到殿上,宣读天符道:"阿摩命未该绝,再等五年,可系白练赐死,以偿还它荒淫之罪。今日就免去它棍棒之苦。"说完叫武士牵出去锁了。武士领旨前去。皇甫君问狄去邪:"你看得明白吗?"狄去邪说道:"我乃凡夫俗子,这样的仙机我看不透。"皇甫君说道:"你只管记住了,日后这些事情自然应验。这里是九华堂,你要不是有仙缘,也不能到此。"狄去邪忙跪下恳求道:"我奉旨探穴,误入仙府,现在进退茫然,请神明指示。"皇甫君说道:"你虽有前程,但是不可自甘堕落。麻叔谋小人得志横行,罪在不赦。你替我对他讲:'感谢他挖我台城,无以为谢,明年当以二金刀相赠。'"说完,就吩咐一个绿衣使者:"你可以带他出去了。"

狄去邪也不敢细问,拜谢而出。绿衣使者带着狄去邪也不走旧路,转过几株大树,走不到一二百步,绿衣使者用手指道:"前边林子里,就是大路。"狄去邪急忙回头问时,绿衣使者早已不见。再转身,连那洞府都不知道哪里去了。

麻叔谋以为狄去邪找不到穴口,已经死在穴中,于是催促丁夫们开成河道,已经七八天了。狄去邪去见麻叔谋,将洞穴中所见之事讲了一遍。麻叔谋哪里肯相信,以为他会什么邪术,隐遁了这几天,然后说这些话来恐吓他,于是将他数落了一顿。狄去邪只得退回后营,心里想:"我本以忠言相告,他却认为我说谎。我是个顶天立地的汉子,何苦与这等豺狼之人同做这害人之事。国家气数已尽,我不如隐于山中,逍遥自在。"于是递了病呈给麻叔谋,麻叔谋想他说谎骗他,就批了呈子,让他远走。

狄去邪回想起洞穴中所见,心里也想着是真是假,于是悄悄来到东京探访。其实炀帝这样的前世仙机,自有神仙计算安排,不管狄去邪去探访与否,一切都自然会按照因果前缘发生的。

隋炀帝的前世巨鼠被打

 程咬金劫皇扛

杨广篡位做了皇帝之后，一直过着极度奢侈糜烂的生活。一天他和萧皇后商量要建一个行宫别馆。他说古代帝王除了京城以外都会另选一处城市建立另一座宫殿用来行乐。他想当今国家如此富强，如果不及时行乐，白白浪费了大好江山。于是他决定将洛阳改为东京，造一所显仁宫用来逍遥享乐。随即传旨，大江南北只要是建造宫殿需要的材料都必须随时听凭选用。每省府、州县催征白银三千两，一并交付洛阳。山东齐州和青州也急忙备置，共筹备了白银三千两，当然这都是从百姓身上盘剥来的。就在他们打算将银两押解到洛阳的时候，惊动了一位好汉。

兖州东阿县武南庄有一位豪杰，叫尤通，字俊达，在绿林中行走多年，他家里特别富有，山东六府的人都称他为尤员外。他听说青州有三千两银子到京城，而兖州是必经之地，心中便动了要劫取的念头。但是他想这是官家的钱，必定有很多官兵护送，打劫很难，但是一旦动了要劫取的念头便很难收回。于是他便与庄客商议要找寻一位好汉来做这笔"生意"。一庄客说离此地不远，五六里路的地方，有一个叫程咬金的,曾经在斑鸠店住的,因为贩卖私盐被抓去充军,但是赶上皇帝大赦回家来了。要是能找到这个人,去劫这个皇扛就容易了。尤员外对此人也只是有所耳闻而已,并不认得,但是他却将这个人牢记在心里了。然而事情也凑巧,一天尤员外偶然路过郊外,天气突然寒冷,刮起西风,落叶纷飞。尤员外便动了喝酒的兴致,下马走进一个酒家,在厅上坐下,才喝了一杯茶,就看见一个身材高大的汉子走了进来。只见他衣衫褴褛,脚步仓皇,肩上搭着几个柴扒,进来便讨要热酒来喝,好像与店家特别熟悉。尤员外便问店小二这个人是谁,店小二说这个人是常来喝酒的,就住在斑鸠店,小名程一郎,不知道他名字。尤员外一听是住在斑鸠店,又姓程,立刻想到程咬金,便上前拱手问那个大汉,是否认得程咬金。没想到这个大汉正是程咬金,尤员外真是喜出望外,像拣了个活宝一样。问他为什么有几个柴扒,是卖的吗?程咬金说家里只有老母亲一人,全靠编竹扒养他老人家,今天风大又没人买,只好到店家喝口酒然后回去。尤员外也报上了自己的姓名,然后邀请他一起做大生意。程咬金欣然同意,两人在一起又喝了几碗酒,尤员外结账,两人一块到了尤俊达的家中。程咬金问两人要做什么大买卖,尤俊达却说两人须先结拜为兄弟方能共同闯荡。于是二人便焚香八拜,尤俊达年长程咬金五岁便作为兄长,程咬金为弟弟。二人发誓要同生死共患难。

程咬金是个极孝顺的人,他想出去做大生意固然好,可是家中母亲如何照顾呢。尤俊达早就安排好,给他取了一锭银子,让他接母亲到他宅上来住。程咬金自然非常高兴,随后尤俊达大摆宴席,程咬金因为心里高兴放开酒量开怀畅饮。尤俊达怕他喝醉了,不能接母亲过来,影响了明日的计划,便劝住他早早接了母亲过来。

尤俊达安顿好程母之后就和程咬金提起劫皇银的事来。开始程咬金认为做百姓要缴税,做官的要征银子没什么不可的,而且新君即位才将他大赦回家的,所以心中没有劫取皇银的念头。但是尤员外说州府借故多征收银两而且还打死无辜百姓就激怒了程咬金。而且他受尤员外恩惠,心中也想一块共谋事业。于是两人打定主意,要劫这皇扛。

程咬金会用斧子,尤俊达便给他找了一把八卦宣花斧,是浑铁打成,重六十斤。又给他量身定做了青铜盔甲,绿罗袍,一匹青鬃马。程咬金披挂好,在打稻场上和尤员外斗了几个回合,二人便早早歇息,只等着次日打探皇扛何时经过此地的消息。第二天,就有探子回来禀报:皇银二十四日到达长叶林地方。一名解官,一名防送武官,二十名长箭手护送。二十三日夜里,尤员外便拿好酒,和程咬金喝个半醉,五更时分,到了长叶林。

等到护送官银的前方探路的校尉到了长叶林,程咬金便一马冲下山来,高声叫道:"留下买路钱!"前方探路的校尉卢方也是个有些武功的人,他劝程咬金不要打这官银的主意。程咬金哪里肯听,对他说道:"天下客商,老爷分毫不取,就这进京的三千两银子,是一定要取到的。"两人话说不到一起,自然动起手来。二人你来我往,斗了十几个回合,看见后面尘土飞扬,装载官银的车已经到了,程咬金怕后面的人都来帮助卢方,便迅速挥斧向卢方砍来,卢方招架不住,被砍于马下。二十个弓箭手看见卢方被砍倒都有些慌乱,程咬金趁势又砍倒几个士兵。众人一看,根本招架不住,都弃了兵器,把官银也扔在长叶林中,都逃跑了,解官也奔旧路逃跑了。程咬金打胜了还不舍,纵马追过去了。这时尤俊达手下庄客告诉他程咬金已经得胜,尤俊达便带领手下把官银都搬回武南庄了,杀猪宰羊,等待程咬金回来贺喜。

　　程咬金追着那个解官跑了数十里,还紧追不舍,解官薛亮回头叫道:“我跟你无冤无仇,你只不过想要银子,银子已经在长叶林中,为什么偏要赶尽杀绝?”程咬金一听银子已在长叶林,便不再追赶了。那解官一看程咬金不再追赶,却又骂了起来,要程咬金好好看守那些官银皇扛,等他禀报刺史,定派人来捉拿他。他这一说激怒了程咬金,大声对他叫道:“你先不要走,我不杀你,我也不是无名的好汉,我叫程咬金;我的好朋友尤俊达,这皇扛就是我二人劫了去。”程咬金通报了姓名才收马回到庄里,可是没到庄里就后悔与那解官通报姓名了。他害怕尤俊达怪罪也没把这事说出去。但是他二人劫皇扛日后却使秦琼无端受责,让我们也看到了英雄聚首时各位豪杰的侠骨风范。

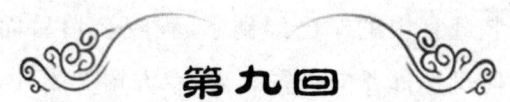

第九回

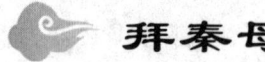

拜秦母寿豪杰聚义

　　九月的天气,秋高气爽,云淡风舒。这天,单雄信正在家中大厅里督促秋收的事情。这时,有人来报说王、李两位爷到。单雄信听了,高兴地连忙迎出门来,把王伯当、李玄邃邀请到书房。王伯当给单雄信讲了当日在长安遇到秦琼,观灯时又一起惹了大祸杀了宇文公子的事。单雄信听了大惊,他也听说了长安的那场大乱,但是没想到是他们几个人所为。李玄邃说道:"这事发生得也太突然了,要不是唐公李渊本事大,让宇文述找不到证据,否则这一桩大祸就栽到我的族兄身上了。"雄信还是十分挂念秦琼,问道:"叔宝已久在家中了吧?"伯当说:"当夜他就回去了。"雄信说道:"我几次都想到山东去看望他,都没有机会,今天听你们提起他,不禁又想前往了。"伯当听了便笑言:"小弟今日来一则是好久没有看到兄长了,二来就是要邀请兄长前往山东。"雄信听了十分诧异,伯当解释说:"今年九月二十三日是叔宝的母亲六十大寿。叔宝是个孝子,当日在京师长安大闹之后,便匆匆分手了,在马上嘱咐:'家母整寿,九月二十三日,兄如不弃,光降寒门。'故此我才到长安寻找李兄,然后偶然遇见了柴绍柴嗣昌,他在京城为他岳父办事,听说要拜寿,就说他岳父有白银数千两要赠给叔宝以报答当年在楂树岗被救之恩。于是柴绍回去取银两,我便拉着玄邃兄来这里请你同去。"

雄信想此事虽好,但是我的朋友多,知道这件事详细经过的以为是王伯当邀请我前往山东齐州给叔宝母亲拜寿;不知道实情的会认为我对朋友感情有厚有薄,往山东秦母拜寿,只带了王伯当去,不带大家一块去。他正犯难,李玄邃给他出了主意,要他把相知的朋友都请了,一来给叔宝家增辉,二来也可以看出不偏待朋友。雄信便按照他的主意,但是考虑到这些潞州朋友路有远近怕时间上来不及,于是拿了令箭和银两叫手下人分别去传给各处朋友,让大家九月十五日到二贤庄聚齐;若不能在此日前赶到二贤庄,就直接前往山东,然后在兖州武南庄尤老爷庄上聚齐,然后同往齐州拜寿。

到了九月十四日这天,北路的朋友来了三位,张公谨、史大奈和白显道。雄信又叫人送请柬给童佩之、金国俊,他二人当年曾经与秦琼也有过一拜,也请他俩同到山东走走。第二天,雄信便带着这几位英雄朋友加上部下随从一行十余人一路奔山东而来。

九月间,金风相送,树叶飘黄,众豪杰纵马拍鞭向前急行。正走着,忽然只见前边尘土乱起,在前面的随从来报说前方有绿林老爷拦路。这里要说明一下,为什么随从要叫绿林中的人为老爷呢,原来这行人当中,多是吃绿林饭的,所以下人见到绿林中人也因此称作老爷。单雄信甚是得意,在马上笑着道:"不知道是哪位兄弟看了我的令箭,就在中途等候,想要点盘缠呢?不知道哪位弟兄愿意前去看看?"童佩之、金国俊都认为自己是英雄豪杰,不知道绿林的厉害,便对雄信说愿意前往,于是纵马前去。雄信没见过二人武艺,想借此机会见识一下二人本领也好。"此二人去得不妥。"王伯当却对雄信如此说:"他二人不认识绿林中人,绿林人也不认得他俩,若厮杀起来,他二人打不过,因为同去山东拜寿,必有影响;若是二人武功好,伤了另一方的绿林朋友也伤了江湖信义也是不当。"雄信称说得有理,便托伯当前去看看。果然童佩之、金国俊败下阵来。原来是柴绍和王伯当约好给秦母拜寿的,他带的行李沉重,衣装又炫耀,撞见了尤俊达、程咬金,便要拦路截他。本来柴绍也是有些本领的,但是他一个人战尤俊达、程咬金两人便很吃力了,恰好童佩之、金国俊前来相助。哪知道程咬金仗着自己力气大,根本不把这些人放在眼里,拿着斧子上下一顿乱砍,砍得童、金两人飞马逃走了。正好撞见赶来的王伯当:"好一个狠响马!"伯当笑一笑,便让过二人,在马上举枪高叫:"朋友且慢,大家都是同道中的朋友。"程咬金并不懂绿林中的话,也大喊:"我又不是吃素的,怎么是道中?"伯当笑道:"好一个粗人,我和你都是绿林中朋友。"心想他把绿林之道当成"道士"之道了。程咬金不管他怎么说,大喊:"留下买路钱来!"拿着斧子照旧向王伯当砍来。王伯当便用手中的枪来挡。程咬金仗着力气大,斧法却很散乱,王伯当却不跟他碰硬,等他力气用尽再出枪,他的枪法精湛无比,似银龙出海,玉蟒伸腰。程咬金招架不住便拍马落荒而逃。王伯当在后边追赶,边问他的来历。程咬金大叫:"尤员外救我!"这时,尤俊达正和柴绍打得不可开交,脱不了身。倒是伯当见了大喊:"柴郡马,尤员外不要战了,都是一家人,都是往齐州去的。"此时二人才都停手下马来相见。尤俊达问伯当:"可曾见单二哥?"伯当向后一指:"看那不是雄信吗?"这样各英雄豪杰重新相互介绍见过礼,便一同进了济南。

英雄见面自是高兴,一路驰骋到了距离齐州四十余里的义桑村投店休息,在这里又遇见了尉迟南、尉迟北两位好汉。但是各位豪杰前往拜会的好弟兄秦琼此时却身陷责难。当日尤俊达、程咬金劫了皇扛还报了姓名被官差听成"陈达、牛金"之后,秦琼的好友樊建威便请了秦琼共同捉贼。建威也只是为了公事,因为丢了官银,地方官府也没办法交待,便催促急速破案捉贼。建威知道秦琼武功厉害便请他相助。谁知,找了几个月也没有踪迹。刘刺史脸面上过不去,就认定他们与贼人一块将银子分了,便不由分说将他们奉命捉贼的四五十人每人打了三十大板。秦琼与别人不同,经得打,而且他把腿一伸,就把打他的竹片震裂了,行刑的人虎口也被震裂。秦琼不忍为难这些人,就把气平下来,任他们打,于是皮鞭被打破了。虽然不能伤到他的筋骨,但是皮肉之伤却避不掉了。叔宝忍着杖伤走出府门,只见一个老者,叫道:"秦旗牌!"叔宝抬头:"张社长!"社长说道:"秦旗牌受如此无妄之灾,小老儿在府前新开了个小酒馆,让我替旗牌暖一壶酒解解闷。"这也是因为叔宝平日总是施恩于人,所以这位老人才会对他这么殷勤。叔宝说道:"长者赐,少者不敢辞。"于是随老人进了店中。"秦旗牌不要悲伤,拿住响马,自有升赏之日。"张社长好言相劝。叔宝说道:"当年我在河东出公差,遇见好友单雄信,他劝我不要在公门当差。可惜我求功心急,没有听他之言。"叔宝说着,不觉眼中含泪,因为心里想念故人,却觉得羞于相见。他却不知道雄信已经千里迢迢赶来这里,与他母亲拜寿。两人正说着,突然酒店外面有人问:"秦爷可在里面?"原来是叔宝好友樊建威来找他。建威讲:"刚才小弟去西门喝酒,看见贾润甫家中到了十五骑大马,都是外地口音,衣装也不是本地打扮,恐怕有陈达、牛金在里面。"叔宝听了大喜,忙辞别张社长,与建威同往贾润甫家中而去。

到了贾家门口,叔宝让樊建威在门口等着他的暗号再进门去,因为不知道里面的情况怎样,所以叔宝打算先进去探视一下。贾润甫又是认得的熟人,见了面又不好办事,所以秦琼就混在人群当中进去了。他隐约看见一个人身影好似单雄信,正好王伯当起身和别人说话,刚好被叔宝看见,心想他二人定是约好与母亲拜寿的,现在还是不要被他二人看见才好,转身往外走,谁知他这举动都被雄信看见了,但是雄信并未看清他是秦琼,便叫贾润甫去看看。他便快步走出叫住叔宝。叔宝没办法只好留下来,但是不好说捉拿响马的事,只说听说雄信在此,他怕是假的就特地来看看,一看果然在此。但是他现在穿着官服,不好相见,回家换了衣服再来相见。贾润甫说道:"路途又远,小弟这有现成的衣服,你换上就是。"于是秦琼便换了润甫的新衣服,与众位豪杰相见。

英雄好友聚在一起,自是把酒言欢,喝得酣畅淋漓。但是叔宝带着杖伤,难免疼痛,便有些坐立不安。程咬金是一粗人,他本和叔宝是从小的玩伴,他见秦琼今日姿态,心里便不高兴,嘴里也就念叨出来:"大家从小玩得高兴,如今做了官府中人,便嫌贫爱富,大家喝酒也虚伪起来!"贾润甫知道叔宝受伤,便和大家讲了限期捉拿响马一事。程咬金听了,端起一杯酒就说道:"叔宝兄,喝了这杯酒,明日给令堂拜过寿之后,自有陈达、牛金交给你领功请赏。"叔宝听了,高兴万分,忙问如何认得那两个响马的。程咬金就把当日劫皇扛之事都说了出来。叔宝听了大惊,站起身来,脸都黄了。在座各位英雄也都惊诧异常。雄信毕竟是绿林中的领袖人物,此时他一定得站出来说话,况且大家都是他邀请来给秦母拜寿的。他对叔宝讲:"今日就当大家都不知道此事,等拜寿之后你们双方再解决此事,一方抓人,一方可以反抗,胜负各按天命,我们都不要管了,这也是无奈的事。叔宝,可以吗?"叔宝听了,心里很不是滋味:"兄长只知道自己是英雄豪杰,难道除了兄长世上再无人物了吗?"于是拿出捉贼的批文,当众焚毁。烧了批文可不是小事,这捉贼一事总要解决。于是大家便心平气和坐在一起商议。李玄邃说这刘刺史是他父亲门生,他可找刘刺史放过批文一事,而官银只要赔给他也就无事了,不会再追究。尤俊达便说官银由他来赔,而柴绍本是财产及其丰厚的,况且如今他带了李渊要赠给叔宝的白银刚好三千两,正好算赔了官银,也救了秦琼一次。如此一来,英雄有义,明公有财,无论天大的事也都能解决了。大家又畅快地喝了酒只等明日给秦母拜寿。

　　秦母寿辰当日,排场隆重异常。官府中叔宝的好友也都来帮忙。秦母虽年纪有六旬,但是黄发童颜,穿着一身素服,拿一串念珠,后边跟着两个丫鬟。秦母先拜了天地后向大家说道:"老身与小儿何德何能,感诸公远降,蓬荜生辉。诸位大人风霜远路,就此站拜了。"雄信领着众位豪杰登堂,众口同声:"晚生不远千里而来,无以为敬,唯有一拜!"说罢,一群虎豹英雄便罗拜于阶下。叔宝替母亲还礼,诸位英雄连拜了八拜。然后各豪杰向秦母祝歌献词,开怀畅饮。

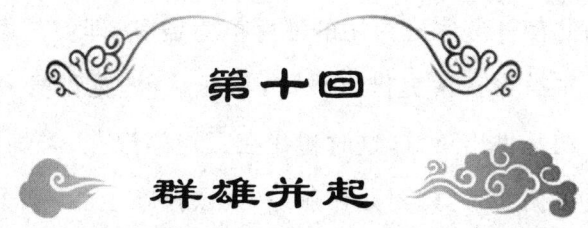

第十回

群雄并起

自古朝代兴衰,皆与大兴土木有关系,一朝灭亡,成功者难免会对上一朝的奢华建筑进行焚毁,用来发泄心头之恨,也为了笼络民心,彰显自己与民同吃同住的决心。殊不知在位久了便又会重蹈前朝覆辙。大兴土木和战事连年是对百姓最大的伤害,劳人伤财,造成亲人骨肉分离,甚至使人两世相隔,说起来让人伤心不已。

且说这隋炀帝,每日里只顾着纵情淫乐,兴建园林,修筑运河,致使民不聊生,怨声载道。一日早朝,中书侍郎裴矩呈上各国的朝贡表,北方的突厥,西方的高昌各国,南方的溪山,无不前来朝贡,唯独不见高丽。隋炀帝十分愤怒,心想一个海边的小国家,自古从汉朝晋朝就作为一个郡县臣服于中国,现今竟然如此大胆不懂礼数。裴矩奏说,高丽无非仗着有三条大河阻挡,征剿困难,才敢如此放肆。隋炀帝想了想,便下旨命宇文述为帅,让他督造战船器械,准备择日讨伐高丽,又命宇文恺为修城副使,在沿海一带修筑长城。

这宇文述和宇文恺得到旨意,便宣告天下,开始招募兵丁,征集粮草,并使用严酷的刑罚进行督促,不顾百姓的死活。因此使一些家庭穷困的便落草为盗贼，即使是家中稍有资财的也被贪官污吏借口敲诈，重征赋税，觉得身家难以自保。可谓乱世出英雄，这时翟让在瓦岗寨聚义，朱灿在城父，高开道占据北平，魏刁儿在燕地，王须拔在上谷，李子通在东海，薛举在陇西，梁师都在朔方，刘武周在汾阳，李轨占据河西，左孝友在齐郡，卢明月在涿郡，郝孝德在平原，徐元朗在鲁郡，杜伏威在章丘，萧铣占据江陵。这些各据一方的英雄好汉，有的是隋朝的官员，也有普通的老百姓和兵丁，迫于生计到处劫掠，还有更多的好汉，隐居山林，伺机而动，准备大干一场。

单雄信结交非常广泛，经常有人来找他出去做官。俗话说英雄惺惺相惜，人若遇到知己，就是在一起聊个一年半载也不觉得时间长。窦建德正是这其中的一位，他就居住在二贤庄上。单雄信打听到秦琼秦叔宝躲避在山野，在家赡养老母亲，而不愿意出来做官，心中非常感叹，因此也不肯轻易出头，宁愿坐在家中和建德谈心。一晃窦建德在二贤庄住了都两年多了，一天窦建德无聊，正好单雄信要出门，便自己到外面闲逛，碰到多年的同乡好友孙安祖来找他，便一同回到二贤庄。待单雄信归来，三人酒席前坐定。孙安祖说他在路上碰到去秦中寻找李密作一番事业的齐国远，并说现今外面的世界乱成一团，隋炀帝荒淫无道，大兴土木，又想挑起战事，弄得百姓妻离子散，民不聊生，怨恨无比。到处都有人割据，但却大多是聚而复散的，都是见利忘义的酒色之徒。相信如果有像单雄信或窦建德这样智勇双全的人来领导，天下人一定会闻风响应的,一定会成就一番大事业的。原来这孙安祖自己已有一千余人,想劝说两人一起做事。窦建德觉得人数有限,万一弄不成,起义失败了,还不如不出去了。单雄信见窦建德有心,便劝说他:"事情的成败并非你我所能预料的,如果你要动身就不要有什么担心的。"孙安祖见状也劝说他:"做大事也应该抓住时机,现今应该趁早出去,能得到人心,否则以后就费力了。"单雄信也知道窦建德对女儿放心不下,便说道:"父子兄弟为了名利还免不了分离呢,我的女儿和令爱如同同胞姐妹,我也会像对待自己的亲生女儿一样对待她的。等你出去几年,打开了局面再来接她也不迟。"窦建德不禁感动得热泪盈眶,感谢之情也无法表达,收拾完毕,和单雄信以及女儿告别后,便带着行囊离开了二贤庄。

再说秦琼,迁居到了齐州城外后,整天栽花种草,也是悠闲得很。一晃一年多过了,一天正在篱笆外看田野的风光,一位意气轩昂,身材魁梧的少年头戴斗笠,牵马过来,向秦琼打听秦家庄的秦叔宝,说潞州单二哥有书信要交给他,听说他搬到城外了,所以出城寻找。秦琼赶忙相认,原来此人姓徐名世绩,字懋功,是离狐人氏,和雄信是八拜之交,因他到淮上访亲友,所以托付他将书信转交给秦琼。叔宝看了书信说道:"你既是单二哥的结拜兄弟,就与小弟也是兄弟了。"便吩咐摆香案,两人也拜为异姓兄弟,发誓要同生死。叔宝留他在庄上居住,每天都是置酒款待。英雄遇到英雄,自然聊得投机,顷刻间就可以肝胆相向。

最初秦琼认为徐懋功年纪太小,交游也不多,见识一定不广。便问他除了单雄信单二哥之外,是否见过更厉害的豪杰。懋功说道:"虽然小弟年纪小,但是一直在观察时事的变化和人心所向。当今圣上,杀害父亲和兄长,当这个皇帝名不正言不顺,如果他登皇位之后能够修心行善,也就罢了;但是当今圣上好大喜功,建立不少宫阙,又要开挖河道,沿途修建行宫,从长安一直到杭州,大兴土木,再看这些穷苦百姓,辗转数千里被赶来做苦工,等到回家时田地也已经荒废了,更没有钱来重新开荒,没有办法,不得不占据山头,成为强盗。况且当今圣上根本就不在乎百姓的死活,不断地到江都、东京游玩,现今竟然还要修筑长城,征讨高丽。朝中那些奸臣,偏偏什么事情都逢迎隋炀帝的喜好,助纣为虐。这样下去,不出四五年,天下一定会大乱的,所以自己愿意到处结识英雄豪杰,寻找一个真正可以去辅佐的明主。像现在比较有名的单雄信单二哥、王伯当等人,文韬武略,但终究是将帅的才干,恐怕没有运筹帷幄决胜千里的能力,其他更多的是一些草莽英雄,没有什么大的能力和高深的远见,只知道乘乱割据,自己不知道什么时候就被剿灭了,哪里还能成就什么大的事业呢?"当秦叔宝提到李密时,懋公对其赞赏不已,认为此人出身门第不错,也能礼贤下士,可以称得上是当今的一位豪杰,虽然他自己非常有才干,但是作为头领,他的才能就差些。两人又谈论了一些当今的其他豪杰,皆认为不会是真正的明主。后来徐懋功感叹道:"这些不过都是一时的豪杰,就拿我们兄弟二人,若说攻城略地,冲锋陷阵,我肯定不如你,但说起考虑事情的变化发展,做出判断,我就要略胜一筹了,终究需要归顺一位明主才能成就一番功名,我们的眼界还是很有限的,应该再继续寻找。"这兄弟二人此番交心而谈,也为后来辅佐明主奠定了基础。

再说隋炀帝与众妃嫔正准备要去巡幸江都,有大臣奏报孙安祖和窦建德在高鸡泊造反了,领兵杀死了当地的太守,并且勾结了河曲的张金城以及清河的高士达,在附近几个县里四处抢掠。地方官兵都不能够抵挡他们。隋炀帝十分愤怒,当即下旨命杨义臣带兵十万进行征剿。隋炀帝虽然暴虐,但毕竟还是兵精将广,这杨义臣也是一位文武全才,对手不过是一介莽夫,乌合之众,怎能和这些经过训练的精兵相提并论呢?杨义臣略施小计便将张金城打败,张在逃跑途中被杀。杨义臣乘胜追击,带领精兵直奔高鸡泊,等到窦建德和孙安祖得到消息时杨义臣距离他这里已经不到二十里路程了。窦建德大吃一惊。杨义臣他是早就听说的,文武全才,用兵如神,但从未见过,今日一看果然不同凡响。他刚刚打败张金城,此时士气旺盛,现在来讨伐他,肯定抵挡不住。于是让高士达带领士兵占领险要地方,先避其锋芒,让他们在此等候几个月,待到粮草供应不上,人疲马乏的时候再分兵进攻他们,一定能够生擒杨义臣。高士达自以为无敌,哪里听得进去,一定要主动出击,便留下了老弱病残的三千人马给窦建德守城,自己与孙安祖带领精兵一万,连夜去袭击杨义臣的营寨,这杨义臣果然是用兵如神,早已经料想到高士达会偷袭大营,早就布置好了伏兵,只待他自投罗网。三更时分,高士达带领一万兵丁冲进了杨义臣的大营,发现营中空无一人,便知道中计,只听得四下里几声炮响,伏兵四起,高士达被杨义臣的大将一箭射中咽喉,割了首级,孙安祖见状赶紧调转马头,窦建德也赶来救援,虽不至于全军覆没,但也只剩下几百兵丁。窦建德本想创立一番事业,不想高士达鲁莽固执,不听劝告,现如今只得再从长计议。

隋炀帝荒淫无道,劳民伤财,但是多年的基础还是很雄厚的,虽然各地豪杰纷纷举义,但是终究是散兵游勇不能真正地有所作为,但是他们的存在还是加速了隋朝的灭亡。

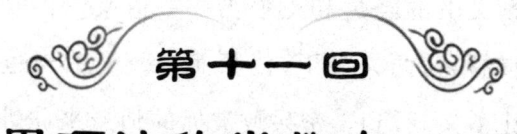

第十一回
用巧计伯当救友
遇故知李密结亲

　　李密被杨玄感请到关中一同举义,谁知道这杨玄感也是个井底之蛙,没有什么大的作为,结果兵败被杀。李密在逃跑的途中也被捕获将要送到长安,王伯当听说好友被抓,便早一步赶到押解的路上选了个必经之店住了下来寻找机会营救。

　　一日,王伯当正在店中歇息,门外进来两个客商样的客人也来住店,原来这两人之一正是被杨义臣打败的孙安祖,另一个是他的心腹随从,正要按照窦建德的安排到长安想办法除掉杨义臣。孙安祖进门看到一个大汉正横躺在床上,鼾声如雷,仔细一看,身长膀阔,虬发长髯,却也眉清目秀,一看便知不是等闲之辈。王伯当正在酣睡,听得有人进来房间,跳了起来,双方互通名姓,这孙安祖本来就是要被捉拿的反贼,自然是谨慎得很,但知道这人是王伯当后,便高兴得倒头便拜,原来孙安祖当时到二贤庄去劝说窦建德的时候单雄信曾提起过王伯当,今日得见,自然十分高兴。孙安祖将自己和窦建德在高鸡泊起义,后来杨义臣率兵杀了张金城、高士达,又乘胜追杀窦建德,建德无奈只得据守饶阳,让自己到长安去除掉杨义臣的经过和王伯当一一道来。孙安祖让手下置办了一桌酒宴，两人坐下，促膝而谈。王伯当也把自己在瓦岗和翟让举义，听到李密兵败被抓的消息来此等着营救李密的事情说了一遍，并已经打听到今天晚上一定会到这里来住店的消息，所以在此等候。孙安祖说道："解救李兄弟又有什么难处，何必在这里等着呢？你我兄弟的本领，迎面赶上去，只要见到李密兄弟在里面，轻松解救下来带走就行了，何苦这么等着呢？"王伯当却认为这里是到京城的重要道路，来往人员众多繁杂，只可智取，否则弄不好救不了李密兄弟，反而却害了他的性命。便将自己已经定下的营救方法和他说了，孙安祖听了也觉得是一个妙计。

两个人正在说话，只听得外面人声嘈杂，二人赶忙关上房门出来看。只见一名解官带着六七名解差，押着四个戴着枷锁的囚徒过来住店。伯当一眼便看见了李密在内，又看另外三个，也是认识的朋友，一个是韦福嗣，一个是杨积善，一个是邴元真。给四人丢了个眼神，便又走了进去。李密四人看见王伯当顿时心中欢喜，知道自己有救了，却担心只有王伯当一个人不好应付这些官差。心里正在琢磨，只见王伯当捧着几匹绸卷放到了柜台上，对老板说自己没有了盘缠，身上只有十来匹上好的丝绸，不仅占地方而且重得很，愿意按照本钱二两五钱一匹卖了，筹集点盘缠。这店主人推托自己拿不出银子，伯当把其中一卷丝绸在柜台上展开来，让他们看看质地，那个解官和几个解差也凑了过来，拿起丝绸仔细地看了看，果然紧密厚重，拿出去卖四两一匹也是值得的。

可惜自己没有余钱来买，不觉暗自可惜。这李密是何等机灵之人，一看便知道王伯当要用计营救自己，于是也凑过来，王伯当就瞪眼骂他："你一个死囚，看什么看，看你也没有银子。"孙安祖在一旁搭腔道："大哥不要小看囚犯么，没准他还真有银子可以买的。"李密便对王伯当说道："你有多少都拿出来，我全部买下，若是买不了不是个汉子。"王伯当便让孙安祖将屋内剩余的五卷全部拿出来。这李密叫过解差中一个年老奸猾的狱卒张龙说，自己在路上一直受到他的照顾，心中十分感激，愿意给他十两银子，送给他去买几匹，表示自己的感激之情。这张龙毕竟是老奸巨猾之人，道："押解官在呢，你应该先送给他几匹，我才好接受啊。"这李密一听心下暗喜，于是对张龙讲："我戴罪之身，距死期没有多长时间了，留着这些银两也没有什么用途，还不如买下他的丝绸，将一半和五十两银子送给押解官和你，其余的人每人一匹，外带五两银子，只求死后将我的骨骸给埋了，若是可以的话我再送给您十两银子。"张龙听完此话忙去告诉众人，这个押解官也是爱钱如命的人，一听就同意了。当下拿出一百两银子让张龙分给解官和众解差，又拿出五十两交给店主人让他把丝绸买下送与众人，李密和王伯当又拿了几两银子酬谢店主人，这一来二去，气氛还挺和谐，店主人却不肯接受，孙安祖在旁边劝说店主人去置办一桌酒席就当替大家接风，岂不是两全其美。这几个解差都说这个主意不错，因为都得了银子，便也凑了一些给店主人。孙安祖嘱咐店主人不必太在意菜的好坏，但是一定要有好酒才行，因为人多，要多买一些。

店主人高高兴兴地到后堂置办起来。到了傍晚,酒菜置备齐全,这押解官得了李密许多银子,心中自然高兴得很,又听张龙说这四个囚犯原来都是官宦子弟,只是一时冲动,犯了罪名,便让他们和店主人一同过来同坐饮酒。这押解官也是个好酒之人,一席十七八人推杯换盏,开怀畅饮,折腾一番这些人已经是七八分醉了。孙安祖让服侍的店小二回去睡觉,让自己的下人来伺候温酒,到二更时分,王伯当说酒不热了,便让孙安祖去看看怎么回事,不一会,孙安祖手里捧一壶烫好的热酒回来说:"店小二和下人都已经吃醉酒了,幸好自己去了。"王伯当又给押解官和众解差每人斟满了一大杯,给各位大人敬酒,正当众位公差推托喝不下的时候张龙举杯一饮而尽,这些公差只好都端起来喝了。不一会一个个便东倒西歪,瘫倒在地不省人事。王伯当赶忙将四人的枷锁扭断,李密将公差包中的公文拿出来用火烧了,并取出原来的十几匹丝绸和银两,一行七人,借着星光急忙赶路,到五更时分已经走出去几十里路,便分路而行。

说那王伯当、李密、邴元真三人,和大家分别后日夜兼行,赶往瓦岗。一天三人起得很早,一路走来是又饥又渴,远远看见前面山谷有一户人家。王伯当说道:"这里距离下一个客栈还远得很,我们不如在这里弄些东西填饱肚子再走吧。"众人都赞成。当走到近前,李密正要进门去问时,看到一名十七八岁的女子,手里提着一篮桑叶,身上一件蓝布青衫,一条素绸裙子。看见陌生人也不惊慌,移着三寸金莲一步步走了进去。李密看后惊讶地说:"在这山谷之中竟然有如此动人的女子!"王伯当说道:"天下美丽的女子有的是,但并不是你我现在可以要的。"说话时从里面走出一位老者,问三人为何到此。王伯当回答道:"兄弟三人为了赶路,从早晨走到现在,粒米未尽,现在腹中饥饿,想打搅您一下,一定会酬谢您的。"这老者也是一副热心肠,忙请三位到里面,并取了一壶茶,拉着他们到水亭里坐下,唠起了家常。原来刚才所见的女子是老人的女儿,还有两个儿子,因为修运河和长城,被拉去做苦工了,两三年未曾回家,音信皆无。众人正在感叹时,老者的侄子从对面走过来。只见这条大汉,身高九尺,朱发红须,虎体狼腰,威风凛凛。见了老者,倒头便拜。王伯当仔细一看说道:"原来是大哥。"那大汉抬头一看高兴道:"原来是兄长到了。"原来这大汉是当年王伯当在江湖上做买卖时认的兄弟,叫作王当仁。王伯当又将李密和邴元真介绍给王当仁,王当仁一听大喜,忙对李密深施一礼说道:"小弟久闻公子大名,一直没有机会见面,今天您来到这里,真是天意啊。"老者又赶忙让王当仁和自己进屋里端出一大盘菜肴和一壶酒,大家坐下互问寒暖,王伯当将李密等犯罪起解,后在酒店中设计脱险的经过一一说了。王当仁说道:"难怪五六日前有人说梁郡白酒村陈家店里有人将七八个解差药倒了,劫走了四个重犯,正在行文缉捕,原来是各位大哥啊,今后有什么打算呢?"王伯当告诉他翟让在瓦岗聚义,邀请李密一同去谋大事,这次大家就是要一起去瓦岗才经过这里。王当仁当下表示要跟随他们一起去。这时候老者举起酒杯:"诸位豪杰,请举一杯酒,老汉有话要说。"众人都举起杯,只听老者说道:"老汉有一小女,名叫雪儿,今年已经十七岁了,还没有许配人家,从小就不喜欢女红,而沉溺于读书,聪慧异常,通晓音律。愿意以身相许于李公子,不知公子接不接纳她?"李密答道:"承蒙老伯错爱,但是我身如浮萍,四海为家,如何考虑家室啊?"老汉说道:"不要这样说,自古英雄豪杰,没有无家室的。小女原来不肯轻易嫁人的,因为刚才采桑回来,看见诸位公子,说其中穿绿衣服的那位仪表不凡,老汉知道她有心相许,所以才告诉公子。"大家都劝李密不要推辞。王当仁说道:"只要公子留下一定情信物,再选时间来迎娶小妹就行了。"李密不得已,便解下一双玉环,递交给老者。老者收进去不多时,将雪儿头上的一只小金钗赠给了李密,说道:"小女终身是公子的了。"到第二天,老者与王当仁将李密等人送出二三里路,并答应等老汉的两个儿子有一个回家时便往瓦岗相聚。

正是,大英雄为天下而不顾家,哪还管儿女情长。岂不知千里姻缘命中已定,陌路穷途更结秦晋之好。

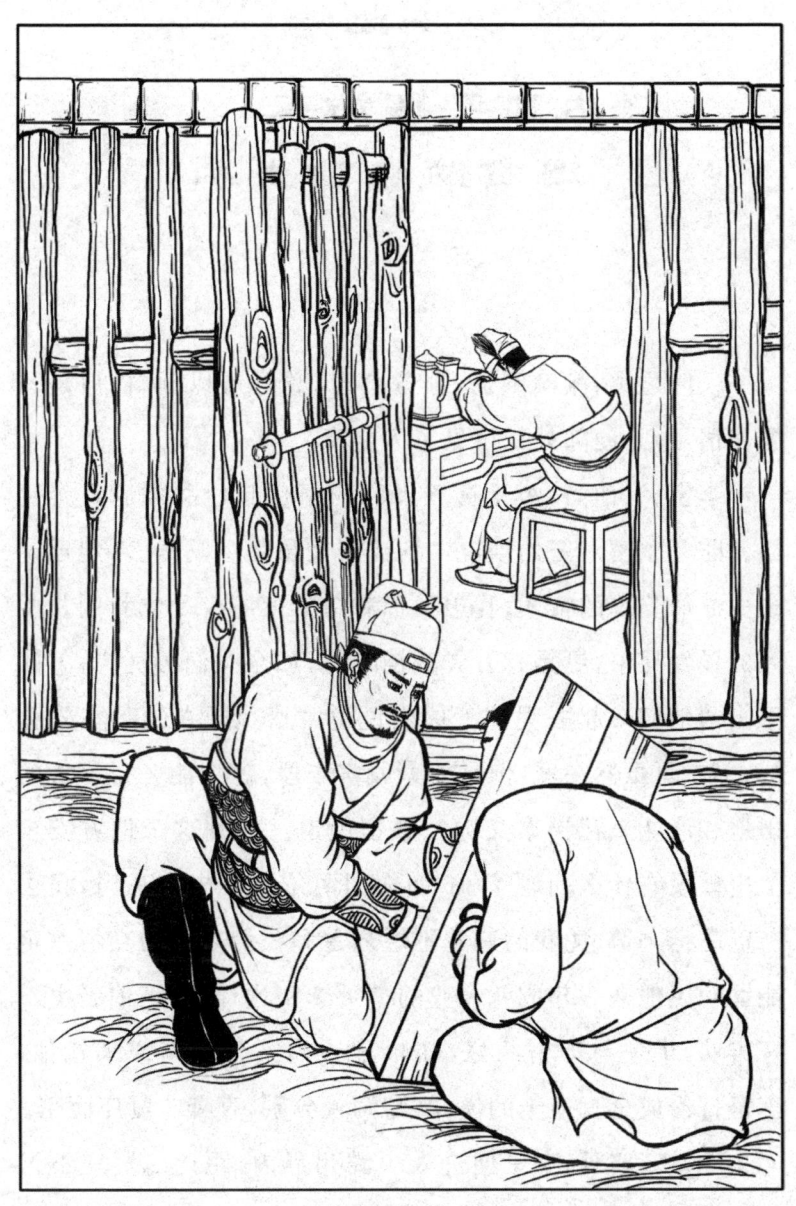

伯当巧计救人

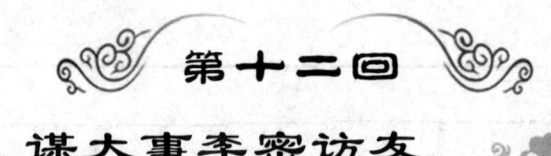

第十二回
谋大事李密访友
遇贪贼雄信失家

　　人间之事，颠颠倒倒，分分合合，总是难以预料，但是只要用情用心，便随处都可见感人之事。

　　李密、王伯当、邴元真三人和王当仁叔侄辞别后直奔瓦岗。路上李密对王伯当说："翟让聚义虽然兵马众多，但还是缺少冲锋陷阵的将才，我想秦琼和单雄信不仅是你我同甘共死的异姓兄弟，更是有万夫莫挡之勇，如今我们去瓦岗，怎能不去请他们一起去呢？"王伯当说道："秦琼现在领兵在外作战，单二哥虽然在家，但是他家殷实丰厚，怎么能舍得家中的田地和产业来瓦岗聚义呢？"李密说道："我到这个地方安全上应该没有什么问题了，不如你们两位兄弟先去瓦岗，我去二贤庄走一遭，凭我的三寸不烂之舌和我们之间的交情一定能够劝说他来一起成就大业的。"听李密这样说，王伯当也不好再劝，于是与李密约好，如果十天内不到瓦岗便来找他。李密打扮成全真道士的模样，与两人分别，直奔二贤庄而来。

　　不过三四日，李密便进入了潞州界内，距离二贤庄不过三四十里的路程。那天正在赶路，看见对面一个武士护卫装扮的人从对面走来，仔细看了看李密，便喊道："李爷，您这要去哪里啊?"李密抬头一看,不觉大吃一惊,原来此人曾是杨玄感帐下的都尉,姓詹名气先,当时杨玄感兵败时这人便已经归降了。现在被熟人认出来,李密也不好推说不认得。詹气先非要拉他去喝酒,李密哪里肯多逗留,便推辞掉继续赶路了。原来这詹气先归顺后就在潞州府内当了名捕快督头。此时看见李密,心中暗想:"这李密当时多么得不可一世,想不到今天也会沦落到被通缉的地步,本来想要骗到酒店拿他,他却不肯去,不如我让人悄悄盯着他,然后回去报告带人来抓他,我不仅可以立头功,还可以拿到赏钱。"于是找了个人远远地跟着李密。李密虽然打发走了詹气先,心上还是有些惶恐,于是急忙赶路,天色昏黑的时候已经赶到了二贤庄。不想只有单家的总管单全看家,单雄信亲自护送窦建德的女儿去往饶阳了。因为李密也是常来常往,故而对这单全也熟悉得很,这人四十多岁,也是个赤心有胆智的人,自幼在雄信父亲身边长大,雄信也待他亲如兄弟,平时家中的大小之事也都交给他来料理。李密被张榜通缉多日,今天却独自来到这里,单全很是惊讶。李密便将前后的事情略述了一遍。李密询问单雄信何时能回来。单全回答说:"员外到饶阳后还要去瓦岗翟让翟大爷那里去。翟大爷也是我家员外的磕头兄弟,前日修书邀请我家员外,员外已经答应他送窦建德的女儿到了饶阳便去瓦岗相会。"李密一听,心下感叹:"原来如此,我此来的目的也是要和你家员外一起到瓦岗聚义的,只可惜来迟了。"单全问道:"李爷来潞州可曾遇到相识的人?"李密便将路遇詹气先之事告诉了单全。单全安排好了庄上的家丁,并将李密安排到后书房说道:"李爷刚才说遇见的那个人,虽说归顺了,若是个好人今夜也就太平无事了,倘若是个歹人,恐怕就不得安宁了。"还没等李密说话,便见门人来报告说外面有人叫门。

单全走出去到楼上一望,见到一二十人,中间两人高头大马,一个是巡检司,另一个却不曾见得。急忙让人打开了庄门,自己带了一二十个壮丁走了出去。这巡检司也和单家相识的,得知单雄信不在家,便手指詹气先向单全问道:"这位詹督头说有一个钦犯李密到你们庄上来了,此人是朝廷要犯,所以协同我们来捉拿他。你们也是明事理的,在与不在,应该如实相告。"单全答道:"这话从哪里说起,我家主人已经出门四五日了,我们这些下人也是守法的,更不会容留什么钦犯,祸害我们主人。"这詹气先喊道:"我撞见李密到了潞州,并让我这位朋友跟着他,亲眼看他进了你们庄内。"单全顿时怒目圆睁,说道:"你在路上撞见的时候就应该把他拿住去送官请赏,为何要让他走呢?眼见他叩门进庄为何不喊地方协助捉拿呢?现今人影都没有了却诬赖别人。要知道我家主人也是个汉子,不怕人诬陷的!"看看院子里面一二十个身强力壮、怒目而视的大汉,又听单全这样说话,巡检司知道单雄信不是好惹的。况且平日里总有人情礼物馈赠,自己何苦结这冤仇呢?便改口说道:"我们不过是因为地方的关系,过来问个明白,若是没有,反而惊动你们了。"于是起身便走。单全说道:"司爷过问也是应该的,岂有惊动一说,家主回来一定还要表示谢意的。"李密见众人走了,便出来向单全表示感谢,单全说道:"虽然几句话应付回去了,恐怕他们不会善罢甘休的!"

正说话间,又听得外面有人叩门。李密急忙躲到里面,单全走到门口处仔细听了听,好像济阳王伯当的声音。于是大着胆子问道:"半夜三更的,是谁在敲门?"王伯当在外面应道:"管家快开门,我是王伯当。"单全听见心下大喜,赶忙开门,只见王伯当、李如珪、齐国远三个人,跟着五六个随从,一身客商打扮走了进来。单全问道:"三位爷怎么这个时候来了?"王伯当说道:"知道你家员外不在家,只是想问一下李密是否来过?"单全忙说道:"李爷正在这里。"便将三人引到后书房。李密看到三人惊讶得很。于是王伯当将徐懋功让三人连夜赶来接应的事情诉说了一遍。李密也将詹气先领巡检过来查看的事情告诉三人。这齐国远脾气了得,当年在长安看灯的火就是他放的,烧死烧伤无数,喊道:"这鸟贼,不要脑袋了,敢到这里来拿人!"说话间单全已经给他们安排好酒饭。众人担心再有事端,相守到了天明,众人吃完了饭,正要起身上路。管门的下人惊慌地过来报告:"门外马蹄声响,好像又有兵马进庄了。"单全同王伯当上楼从窗眼里一看,只见三四十骑兵,四五十步兵,一队队直奔二贤庄而来。

原来那詹气先见巡检用了私情,心中懊恼,便报告了潞州知府,便派出了协拿庞好善带兵连夜出城捉拿。二人走到内厅,李密对单全说道:"管家,现在庄上有多少壮丁?"单全说道:"有二十多人可以动手。"李密说道:"如珪兄与国远兄领着壮丁,从后门去,看他们下了马,听见里面喊乱,便劫了他们的马匹。"又对单全说，"你家走廊有陷阱四五处，现在快去盖上薄板，等他们进来时将他们引过去。"单全听完赶忙去安排妥当。又让众人各自取了刀枪棍棒，自己也装束完毕。李密说道："现在需要有胆智的人去开门将他们引诱进来。"单全答道："还是我去吧。"大门一开许多兵便拥着一个官员进来，搬个椅子向南坐下。几个步兵便把单全带过来跪下。那当官的问道："你家为什么窝藏叛贼李密，快快交出来！"单全道："人倒是有一个，昨夜来投宿，不知道是不是李密，现在锁在西边耳房内，但是那人很厉害，小人自己弄不动他。"那官儿便让这些步兵跟单全进去将人犯锁出来。这些捕快听见官府要他们进去拿人，都摩拳擦掌。二三十人一窝蜂地跟着单全去了西边的耳房。穿过甬道，到了刚布置好陷阱的地方，只听得单全说道："各位，走紧一步，这里便到了。"前面走的人喊声不好，就觉得地板活动起来，话未说完，一声巨响，连人带板都跌了进去。外厅那官儿和众兵丁正在那里东张西望，只见两扇库门大开，冲出十五六条大汉，手持长枪大斧，杀了出来。那官儿一见，扭头往外跑。那些兵丁赶忙拔刀应付，不想王伯当举枪瞬间便刺倒两三个。那官儿一见情势不妙，就退出门去，想上马放箭，谁知道马已经没有了，却有几个凶神恶煞般的大汉，抢着板斧，领着十几个人砍了过来。官兵见腹背受敌，硬拼只得白送性命，只好丢下兵器，跪地求饶。李密见状说道："此事与他们也不相干，众位弟兄饶了他们性命吧。只是怎么没有见那个官儿和詹贼。"庄上一壮丁指着齐国远说道："刚才被这位爷一把板斧砍了。"原来齐国远和李如珪领一帮庄丁藏身在后门的竹林内，只见詹气先骑马领兵来把守后门。一个庄丁告诉齐国远他就是同巡检司来过一次的贼子。齐国远哪里按捺得住，跳了出来一声大喊，那詹气先吓得滚下马来，被齐国远一斧头断送了性命。李密又让众人到庄外搜索，在路边沟里抓到一个戴纱帽穿红袍的人。单全说道："这就是庞好善了。"齐国远过去一把提了起来，说道："今天老子就给你改个名字，叫作庞一刀吧！"说完一斧头下去将其砍为两段。单全又让人将那些尸首扔在田边的大坑内，盖上浮土。李密让手下人把被俘的兵丁一个个绑好推到陷坑内，将地板盖好，用石头压上。回头对单全说："我来找你家员外，不想弄出此等大事，这里也不能存身了。单二哥终究要上瓦岗的，不如带上二哥的家眷一起去吧。"单全现在也没有办法，和单雄信的家眷商量完毕便赶忙收拾东西，携带细软，带上庄丁和夺取官兵的二三十匹马，让庄上的二十几个庄丁携带兵器压了七八辆车，将门户反锁，跨马启程，往瓦岗进发。

这些英雄相聚瓦岗寨，准备轰轰烈烈地开创一番大事业。

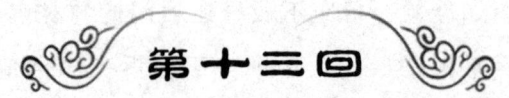

第十三回

怀旧恨宇文用奸计
念赤胆须陀保栋梁

社会纷乱复杂，人与人之间难免会产生摩擦，结下冤仇，若是胸襟开阔的君子，即使是不解之仇，只要双方说得明白，立刻就可以冰释前嫌；若是遇上世故小人，无论如何解释，终究会心怀隐恨，寻机报复。

当年宇文述的三子宇文惠及，强抢民女，仗势欺人，作恶长安城，不巧遇上秦琼一群豪杰在长安城观灯，将其打死。宇文述不但不觉得自己教子无方，反而对秦琼恨之入骨，千方百计地想加害于他。

这宇文述为了讨好隋炀帝，为隋炀帝新建造完毕的迷楼月观造了一座如意车，一架三十六扇的乌铜屏。炀帝十分高兴，将本来已经革职的宇文述官复原职。正好曾经在白酒村药倒解差被劫走的囚犯中的韦福嗣与杨积善又被抓住了，宇文述便将二人提来，一顿严刑拷打，用尽酷刑，虽说两人也是好汉，但终究是血肉之躯，经受不住，只得招出了救他们的是济阳的王伯当，住在王家集。于是宇文述马上派手下官员携带文书到齐郡通守张须陀处去捉拿王伯当。

那天张通守正在大堂上办理公务，听见门口衙役禀告说有东都差官来投递机密公文。话未说完,差官已经走上堂来相见。差官说道:"这是非常重要的机密公文,希望老爷迅速缉捕。"张通守看完后说道:"我知道了。"便问身边衙役:"从这里到王家集有多远的路?"衙役回答说有二百余里。张通守立刻吩咐手下点兵三百,携带四五日的粮草,即日启程,星夜赶往王家集。这张通守的府衙和秦琼的府第很近,这边刚要点兵要去王家集那边秦琼就知道了,这时秦琼正在和罗士信闲聊,一听东京差官要到王家集去抓人,心中大吃一惊:"莫非王伯当白酒村的事情被查出来了?"正在暗自揣摩,听到门人报告说有位故人连某要拜见他。秦琼赶忙出来,见是连明,忙邀请他到内室说话。连明悄悄说道:"我现在在翟让的寨中,我奉单二哥的命令修书让贾润甫到王家集接王伯当的家眷。如今差官发现人犯逃走了,一定会追查,如果有人泄露必然会波及润甫的。所以我过来报信。你能不能看在众兄弟旧日交情的份上让人赶快通知润甫逃走,我还有别的要紧事,需要赶往潞州去。"连明又将瓦岗现在的弟兄一一列举给秦琼,说完起身拜别。秦琼再三挽留也留不住。送他出门后回来赶忙叫过表弟罗士信,将事情简要地说给了他听。罗士信赶忙备马,悄悄出城,去通知贾润甫逃命去了。

再说那张通守,带了三百官兵,走了三日,到了王家集,让地方官员带领到了王伯当的住处,却发现大门紧锁。忙叫衙役强行把门打开一看,家中除了一些杂物,连个人影都没有了,街坊邻居都说王家人五天前就出门了。张通守无奈只得让衙役用封条把门封了,将地方官员和街坊四邻带回到衙门,仔细盘问。邻居中有个姓赵的说:"那天小人晚上出门去解手,听见门外有一人说道:'贾润甫你请回吧,我们去了。'他们一家人是经常出门的,谁知道他这次是犯事逃走了。"张通守问衙役是否有人知道这个贾润甫住在哪里。有个衙役禀告说西门外有个开鞭杖行的,叫贾润甫,不知道是不是这个人。那赵姓邻居接话说道:"正是他,那天晚上有人说话让他回西门。"张通守正要去捉拿,只看见有人慌张过来报道:"刘武周带领数千兵马已经杀入平原县了,希望老爷赶快派兵过去剿灭。"张通守赶忙让衙役将秦琼请来,将东京差官的捕文和王伯当邻居的口供交给秦琼看过,说道:"因为有叛贼作乱,我要带兵去剿灭,只得麻烦你出城去捉拿这个贾润甫,将其带到军前讯问,一定会知道王伯当家属的下落的。"秦琼心想:"贾润甫是我报信让他走的,若是走了也就罢了,倘若还在家中,该怎么办呢?"便对张通守说道:"贼人作乱,就让卑职带兵去剿灭他;这王伯当的同党是东京官差亲自吩咐下来的,还是大人亲自去比较妥当。"张通守说道:"不要推辞,只管去就是了。"秦琼无奈,只得骑马跟着几个家丁并假装喊着地方一个官员带路,同差官出城了。待到贾家,也是门户紧闭,叫人打开房门一看空无一人。一问四邻,都说前日门便锁了。那差官说道:"贾润甫全家逃命,一定是跟此事有关,想来还没有跑多远,希望秦爷迅速追拿。"秦琼答道:"你叫我到哪里去追,我还得去和张老爷剿贼去呢。"说完打马而去。那差官也没有办法,只得一同到张通守军前领了回文,回东京去了。

到东京宇文述看到回文上说差官请求追拿贾润甫，秦琼却没有同意，不禁勾起宇文述的伤心事来，便对儿子宇文化及说道："秦琼这厮，当年我没有害他，反而受到来护儿的一番奚落，没有想到他在山东当官。现今我写个本子，就说逃犯韦福嗣招供秦琼和李密、王伯当关系密切，在山东做都尉，预谋不轨，差人带去，如果还在军中，就让张须陀将其拿下，押解回京，这么多年的仇我们就可以报了。"宇文化及说道："父亲此计虽然精妙，但是那张须陀是有勇有谋之人，况且这秦琼也是凶悍异常，如果一时拿不到他，一定会联系那些盗贼谋反了，到时候就麻烦了。不如将他的家中老小从齐州府抓来，到时候他家人在我们手里，料想他也不敢太猖獗了，这样更为稳妥一点。"宇文述称赞儿子的计策高明。父子二人商量完毕，宇文述便上了一本，陷害秦琼说是李密同党。然后又派两名官员，一员到张须陀军前，一员到齐州府。这时候罗士信正在齐州府抵御盗贼，张须陀和秦琼在平原作战，无奈贼多兵少，还好三人勇猛，能勉强抵住。

那日张须陀正要请秦琼商议召集流亡百姓来守城御敌的良策，忽然见一差官进来，声称有兵部的机密文书。张须陀拆开看完后放回封袋中，放在案桌上。差官说道："宇文爷吩咐要老爷立即施行，以防止走脱。"张须陀说道："知道了，明日领回文吧。"说完回到帐中，写了一份为秦琼辨明的奏章，希望圣上不要听信奸人之言，陷害忠良等等。第二天正要送差官回京，正好赶上秦琼安抚完百姓过来议事。这差官听到秦琼到了，还以为是张须陀将其骗来捉拿的，便也进入大营,却看见两人在和颜悦色地商量事情,根本没有半点捉拿他的意思。秦琼刚要起身,差官怕他走了,忙过去禀告说:"兵部差官来领回文。"差官见须陀让书吏把回文交给他,别的什么也不说,不禁着急了,说道:"差官奉文过来提人犯,还希望老爷将人犯交给我,并让人协助我押解复命。"须陀说道:"这件事情我在回文中已经说明白了,你只管拿回去就是了。"那差官依旧不依不饶:"宇文爷临行吩咐了,没有人犯,就不要回来,现在人犯在此,求老爷做主,小人好去回复。"张须陀也有些生气:"你这差官好多事,这事我不但回文中说明,而且有奏本辨明,你走吧!"这差官一方面是仗着宇文家的势力,本身也有点胆量,又说道:"老爷明辨,这事情关系叛逆,早已经请示圣上,非同小可,如果提不到人犯,不仅小人脱不了干系,恐怕大人也会有麻烦的。"秦琼不知道他们在讲什么,在旁边听得一头雾水,又见差官苦苦恳求,便说道:"大人,既然是谋逆的要犯,如果真是实情,就让他带走吧。"须陀却笑道:"不要理他。"这下差官可急眼了,喊道:"奉旨捉拿逆犯秦琼,你怎么反而与他同坐,将我赶出去,钦定的人犯,你敢这样违抗旨意!"秦琼听到说自己呢,腾就站起来了,向须陀问道:"大人,秦琼不知道犯下什么忤逆之事,得罪了朝廷,如果有旨意,秦琼就去京城,不会连累大人的。"张须陀本来不想让秦琼知道,想自己暗中挽回就算了,到现在却不得不说了,便将昨日兵部文书说逃犯韦福嗣招供,声称秦琼与王伯当家眷窝藏李密,要将秦琼押解回京的事情告诉了他。随后又说道:"我想都尉五年来一直在沙场血战,来到山东后你我朝夕相处,哪里和什么李密有过往来,这不是平白陷害忠良吗?因此我写了一个辨明的奏章与公文一起送回兵部,却不曾想到这官差如此放肆!"秦琼说道:"真假自有公论,大人还是将秦琼押解到京城,我自行辩解吧。秦琼若是不去,这罪名就会落到大人身上的。"张须陀说道:"都尉不要如此冲动,现在山东、河北全靠你我二人了,你若是不在,我自己也稳定不住局势。况且大丈夫不死则已,死便要为国家大事,死得轰轰烈烈,名垂青史,怎能够逞一时之勇,让奸人得逞呢?"便让书吏将奏本拿来,让秦琼看了,当面封好交给心腹旗牌官。那差官看事情到了这个地步,只好领了十两赏银和旗牌官一同回京去了。秦琼上前对张须陀表示谢意,须陀说道:"都尉不要感谢,今天是为了国家和地方大计着想,不是为了都尉,更不是为了让你感激我,今后你我齐心协力铲除盗贼,保一方百姓平安就是了。"

秦琼这正直之人哪里懂得奸佞小人的阴谋诡计,多亏张须陀勇谋兼备,好言相劝,才使得秦琼保全一条性命。自此秦琼心中万分感激须陀,决心要建立些功业,来报答国家和自己的知己。

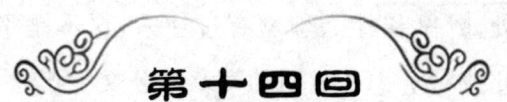

 罗士信黑夜报仇

　　大丈夫赤胆忠心,终日里想以身报国,却不知奸雄当道,用尽毒计陷害。这个故事就是讲忠义之士被迫落草为寇。

　　一天,齐州府的郡丞周至,正在坐堂,有兵部文书下来,要捉拿秦琼的一家老小。周至赶忙派了几个差役,拿着令牌去了,到了秦琼府上,先看见了罗士信,便将缉捕的令牌递了过去。这罗士信一看便生气了:"我哥哥几年沙场浴血奋战,才得到这么一个小小的前程,怎么说他是个逆党呢?这样可恶,赶快走!"差人说道:"是老爷吩咐的,小人怎么敢违抗命令呢;再说了,这是兵部的部文,宇文爷嘱咐过的,要奉旨捉拿,就是周老爷也不敢稍有违抗啊!"罗士信眼睛一瞪:"叫你走你就走,再说话把老爷我激怒了,每人三十大板。"差人见他发怒,只得回去报告周郡丞。郡丞没有办法,叫人备轿,去见罗士信。周郡丞知道罗士信年少粗鲁,只得先赔上许多的不是:"刚才下官多有得罪,我和秦都尉虽然是一文一武,但同朝为官,怎么不能留点体面呢;无奈是部文奉旨捉拿,还是逆党的罪名,差官在衙门催促,小弟就是有心也是庇护不了的,所以过来请教。"罗士信说道:"下官和秦都尉是异姓兄弟，他临行前将母亲和妻子托付与我，我怎么能够让他们受人凌辱呢？还希望大人给予方便。"周郡丞说道："下官这里怎么能有不方便的道理呢，只是旨意不可违抗啊。"罗士信说道："就是有事情，无论大小，也要先问过我家秦都尉，怎么能有不拿本人先拿家眷的道理呢？"周郡丞说道："小弟到来，也只因为一同为官，不如用重金贿赂差官，让他先给兵部回文，说秦琼的母亲妻子都已经被捉拿到官府了，因为有重病在身，不方便起行，等到稍微好一点，便可以同差官一同进京。先这样缓一缓，然后再想办法到京城打通关节，可以解决这个事端。"这罗士信虽说年少，但是也是非常明事理的，说道："我兄弟从来不要人的钱财，哪里有钱给别人？只要有我在，谁也不要妄想将他家人拿到官府！"这周至见无法说通，只好回衙。

那差官自然是每天催促周至，周至没有办法，只好和手下书吏商议对策，其中有个狡猾的书吏说道："现在奉旨拿人，拿不到是没有办法交差的。可是罗士信手下兵马众多，就是强用兵来捉拿他也拿不住的，不如先算计了罗士信，还怕秦琼的家眷不来？况且罗士信和秦琼一同居住，还是异姓兄弟，自然也在家眷之列，就将他一起押解到京城，永绝后患了。"郡丞说道："这罗士信也是勇猛之人，就凭你们谁能近得他的跟前？就是拿住了路上万一有什么意外该怎么办啊！"这老书吏笑道："老爷您又多虑了，只要拿住了罗士信和秦琼的家眷，当堂咱就交给官差起解，咱们的差事就算完成了，路上有什么闪失就是差官的事了。"说完又附在郡丞耳边，将如何如何捉拿罗士信说与了郡丞。周至一听大喜,便让他去请罗士信。罗士信听书吏说要到衙门商议回文的事情,便说道:"回文你家老爷自己便写了,我不管这些事情。"那书吏又劝说道:"当然是周老爷来写了,只是周老爷不知道这书信写得行不行,所以请您过去一起商议,再说了,罗爷你亲眼看一看也放心。"罗士信说道:"你这个书吏可是真会讲话,叫什么名字啊?"书吏俯首回答道:"我叫计成,就住在老爷胡同后面的院子里。"罗士信真的以为要请他过去商量回文,便随书吏到了衙门。周至对罗士信说道:"你我同朝为官,没有不调停的道理,只是怕这事情太大,不好办。今天为了两位豪杰,我拼着自己的官儿不做了,先将官差支应回去,然后我们再商量接下来怎么办。"罗士信感激道:"全依仗大人的主张了。"计成将写好的回文拿来念,说秦琼母亲妻子皆患重病,不能马上起解等等。这周至推说文中有两个字欠妥当,要再考虑一下,不觉已经耽搁半日,午后才更改完毕,交给差官,并赠白银十两,说是罗士信送的。差官领了回文和银子走后,周至就要留罗士信吃午饭,士信再三推辞。周至笑道:"难道罗将军笑我是个穷官儿,留下来吃一顿饭都不行吗?"边说边挽着士信的手到了后堂,摆上了两桌酒菜,开怀畅饮。罗士信禁不住劝,也喝了几杯酒,不到半个时辰便觉得天旋地转,头昏眼花,瘫倒在了桌子上。外面埋伏好的衙役赶忙上来将罗士信捆了个结结实实。自然秦琼的家眷也很快被抓到衙门。戴上手铐脚镣,塞进囚车。交付差官,并选了四十名官差协助护送,一路不停地押往东京。

　　说那罗士信,到五更时分已经开始渐渐苏醒,只听见耳边有妇人在哭泣,自己却头痛欲裂,动弹不得,勉强睁开眼睛却发现自己身陷囚车之中,秦琼的家人也都被锁上镣铐,身在囚车之内。想起昨天到周至处吃酒之事不觉怒火中烧,无奈自己身上的药力还没有完全消退,无法用力,只好忍耐了。等到了早上七八点钟时,罗士信感觉自己精神已经恢复了,一声怒吼,两肩用力一挣,便将囚车的车盖顶了起来,双手用力一扭,两脚一蹬,手铐脚镣全部散落在地,抬脚便将囚车踢烂,拿起两根巨大的车柱直奔差官打来。这些差官平日里早就知道他凶猛异常,眼见他挣脱了牢笼,哪有人敢过来阻挡,一哄而散了。士信赶忙打开秦琼家眷的枷锁,自己推着车子载着她们边走边想:"自己身边现在没有一个帮手,若是这帮官差带兵来追可怎么办呢?"正想着,从前面树林里跳出来十多条大汉,罗士信见状赶忙丢掉车子,顺手拔起路边的一株枣树就要打过去。对方为首的一个赶忙喊道:"罗将军不要动手,我是贾润甫。"罗士信定睛一看,果然是他,便放下心来。贾润甫说道:"李密料到王伯当的事情一定会连累秦琼,便让我和单全在这必经之路上等候。"罗士信高兴地说道:"我这虽然挣脱了囚车,但是又要照顾车子,还要担心有追兵,幸好遇到两位,这下就不怕了。"单全说道:"我们马匹、兵器什么都有,不怕他追来的。"说话间便看见远处尘土飞扬,周至和差官带了六七百兵马飞奔而至。单全便让贾润甫携带秦琼的家眷往里面走,给罗士信一匹好马和一杆长枪,奔官兵而去。罗士信骑马挺枪,站在一个山嘴上大声喝道:"我兄弟二人这些年浴血奋战，肝脑涂地，上对得起朝廷，下无愧于百姓，你们却设毒计抓我们，今天就要将你们这些真正的强盗杀个一干二净，若留一个回去，便不姓罗！"说完两人骑马冲了过去。这帮官兵，平日里罗士信自己赤手空拳他们都无法应付的，现在不但有兵刃还有一黑煞般的汉子，没等到近前就调转马头四散而逃。罗士信还要追赶，却被单全拉住。急忙回头去护送秦琼的家眷去瓦岗。途中遇到了程咬金，将众人接到了寨中，自然是一番酒宴招待。

　　说这罗士信和程咬金、贾润甫等人吃了半宿的接风酒，回到房中准备休息，心中暗想："想我罗士信从来不曾受人欺辱，这个狗官和那个奴才书吏竟然算计我，还连累我哥哥的老母亲和妻子受罪。常言道：恨小非君子，无毒不丈夫。我若是不杀他两个贼人，以后怎么在这世间立足啊！"想到这里，爬起身来，扮作公差打扮，到马厩中挑选了一匹好马，出寨后快马加鞭赶了十余里路，来到齐州城外。在城门外一个小饭馆内将马放好，并吩咐店家照看好自己的马，趁着天刚黑便进城去了。到土地庙坐了一阵，等到天完全黑了，便悄悄地来到秦府的后门，看见两条封条横在上面，心中更加恼怒。问了路人找到了计成家门，却被告知计成出去了。士信只好转身回到土地庙前来，正要进门，发现对面一人低着头，自言自语地走了过来。罗士信定睛一看，竟然是计成，真是冤家路窄。便在门口学着江西口音道："计相公，这里来一下！"那计成朝着黑暗处看了看，以为是哪个兵部的差官，便问道："可是熊大爷？"士信回答道："正是。"计成赶忙走来，罗士信一把将他提到庙内。计成一看是罗士信,吓得魂飞魄散,全身战栗。罗士信一脚踩住他的胸膛,拔出了明晃晃的尖刀。计成苦苦哀求道:"不管小人的事,饶了我的狗命吧!"罗士信说道:"休要叫喊,你老实说,你家狗官在哪里呢?"计成答道:"刚刚办完事,退堂回去了。"罗士信怕耽搁了工夫,哪里还再肯听他说话,用刀一撩,将人头割下,剥下他的衣服把头包住,放在神龛下面。罗士信知土地庙旁边便是府衙,纵身跳到墙上,发现这边正是当日被醉倒的地方,便轻轻地跳入院庭,从窗户向屋里张望,只见那周至点着一支蜡烛,面前满桌的银子,一边查数目一边记录。罗士信猛然将窗户打开,周至还以为来了盗贼,急忙全身趴在桌子上,遮盖着银子,刚要喊有贼,罗士信已经手持尖刀抓着他的头发将他提了起来:"狗官,还认识我吗?"这时的周至吓得一句话都说不出来,只顾着跪在地上不住地磕头。罗士信伸手便将他的人头割了下来,从床上拿了一条被子包好,拴在腰间,又把银子都装了起来。他翻墙而出,到土地庙取了计成的首级,一并包好,趁着夜色翻下城墙,出城绝尘而去。这时罗士信的满腔怒气方渐渐缓和下来。

周至和计成,本来也是奉公守法,执行公务,不曾想枉害忠良,却不辨是非,为奸雄所利用,落了个身首异处的下场。

罗士信报仇

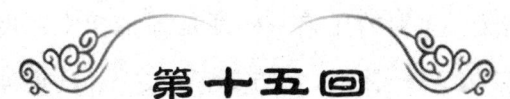

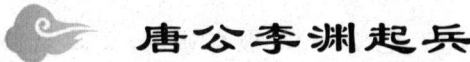 

唐公李渊，当年因为隋炀帝听信谗言，差点丢掉全家性命，多亏了他的女婿柴绍，不吝惜金银珠宝，结交了隋炀帝近前的一些大臣，帮忙求情，最终调往太原，才免得灭门之祸。

李渊到太原后，只求能平平安安地过日子，虽然天下群雄并起，自己却也没有图谋天下的心思。这李渊有四个儿子：长子名叫建成，如同一般官宦家的寻常公子，整天衣着光鲜，沉湎于酒色；三子玄霸，英年早逝；四子元吉，为人非常机谋狡猾，却并不是霸王之才；只这次子李世民，倒不是简单之人，说起来他的名字还有一番来历。他出生在永福寺，在四岁的时候，有一书生看见了他，惊讶地说道："这孩子有天子的模样和气质，将来一定会成为济世安民的人才。"说完便走了。本来唐公李渊就很害怕，听这书生这么说，心中不觉更加胆怯，恐怕他泄露出去，想找人将他杀了灭口时，却不知道哪里去了，费尽周折也没有找到，以为是神仙下凡指点来了，于是采用那个书生的话，给他起名字为世民。李世民自小便聪明异常，胆识过人。本身又为将门之后，兵书武艺自然是少不了要学习的。但是这李世民更喜欢读的就是史书，平时喜欢和人交往,和别的兄弟一样都是挥金如土。但他却是用来结交宾客,因为轻钱财,好结交有才之士,远近闻名。当时在结交的宾客中和李世民最合得来是一个叫刘文静的人,当时是晋阳的县令。此人饱读诗书,很有智谋,文武兼备。还有池阳的刘宏基,以及他妻子那边的族长孙顺德,这些都是有勇有谋之人。后来刘文静因为李密谋反而被连累,被关押在太原的大狱中,李世民得知后偷偷地跑到监狱中去探望他。刘文静见到李世民来看他心中非常高兴,对他说道:"现在天下大乱,没有帝王之才是不能平定天下的。"李世民说道:"怎么知道没有人呢,只不过看不出来谁是真主罢了。我过来这里看你,不是说儿女之情,而是想和你商量一下大事。"刘文静答道:"现在隋炀帝巡幸江淮,大部分的兵力都安放在那边,而李密所在地,盗贼遍地,数以万计。现在这个时候,只要有真主出现,并能够驱使和利用他们,振臂一呼一定都会响应的,到时候平定四海就不是件难事了,现在太原的百姓都为了逃避盗贼躲避在太原城内,我在晋阳做县令也已经很多年了,也认识一些英雄豪杰,一旦将他们聚在一起也可以有数十万人。加上令尊大人手上掌握的兵马,又是几万之众,一声令下谁不愿意顺从呢?到时候我们就可以乘虚入关,号令天下,过不了多长时间就能成就一番大事业的!"李世民笑着说道:"您的话正是我要说的意思啊。"于是回去后便暗中招纳宾客,训练士兵,等待时机。过了将近一个月的时间,刘文静从狱中被释放出来,李世民也要起兵,又害怕自己的父亲不同意,便和刘文静商议。刘文静说道:"令尊大人向来和晋阳宫的太监裴寂交往深厚,而且对他是言听计从,要想让你父亲起兵,非得要此人帮助不可。"李世民心想:这种事情不能开口求他,他知道裴寂喜欢喝酒赌钱,便想从这儿下手接近他。于是拿出了很多的银两,嘱咐手下人和他赌博,并故意输给他,后来裴寂知道了这是李世民的意思,故意输给他的,心中非常高兴,与李世民关系越来越亲密了。待到李世民告诉他实情,裴寂承诺道:"包在我身上了。"他绞尽脑汁,终于想出一计,径直到晋阳宫来。正好张、尹二妃在庆云亭前赏玩蜡梅,看到裴寂到了便问道:"你做什么来了!"裴寂说道:"我过来折些花儿,找点乐趣。"张夫人笑道:"花是女人戴的,你用来找什么乐趣啊?"裴寂说道:"夫人以为只有女子戴得,男子就不能戴了吗?人人都有爱美之心,但是花虽然好看,只是可以用来装饰,却治疗不了人的寂寞啊。"尹夫人笑着说道:"你说什么治疗寂寞是什么意思?"裴寂说道:"隋朝现在兵荒马乱,皇上巡幸江都,乐而忘返,现在国中无主,四方群雄并起,到处有人称王称帝,近来听说马邑校尉刘武周占据了汾阳宫,自立为可汗,非常厉害,汾阳和太原不远,发兵即可到来,谁能够抵挡啊!我虽然身为副守,但是自认为没有御兵良策,难以保全性命,你们怎么能够安全幸存呢?"两位妃子惊讶地说道:"果真如此该怎么办啊,到时候我们姐妹两个肯定就无法保全性命了。"裴寂见自己的话起到了效果,于是又说道:"现在臣有一计,想和夫人商量,不但能够保全性命还会送给夫人荣华富贵。"尹夫人说道:"富贵不富贵的就不指望了,只求能够免去一场灾祸就够了。"裴寂说道:"现在的留守李渊,人马有数万之众,他的儿子李世民英勇无敌,已经结集了四方的数万豪杰,但是害怕李渊不同意,所以不敢轻举妄动。我估计没有多少时间天下就是他的了。你二人在这里终日里空怀寂寞都快有一年了,为何不趁此机会侍奉李渊,可以转祸为福,将来一定会富贵无比,难道不是一桩美事吗?"张夫人说道:"我二人早就有晋见唐公李大人的想法,只是我们姐妹不好开口,而且还害怕唐公拒绝。"裴寂说道:"只是担心两位夫人自己不坚定,若是真心的怎么还愁事情不成呢?"两位夫人见他这样说,当时喜上眉梢:"若是这件事能成功,我姐妹二人终生不会忘记你的恩情的,不知道有什么计策?"裴寂附在两人耳边告诉两人该如此如此。二人不断点头称是。

第二天,裴寂在晋阳宫设宴,并请了唐公李渊。二人见面入席只顾劝酒,并不提起李世民的事情,不一会唐公便喝得大醉。裴寂说道:"喝酒得有美人作陪才能尽兴,正好这里有两位美人,何不叫过来陪唐公喝两杯呢?"李渊笑道:"有何不可啊?"不多时,听得帘后面环佩叮当作响,伴随着一阵香风,走出来两位美人,长得非常俊俏,李渊睁着醉眼一看,真如仙女下凡尘一般。

两人走到李渊面前见礼,李渊慌忙站起来还礼。裴寂就让人拿来两个座位,让两人坐在了李渊的左右。这李渊也是酒后糊涂,也不问两人的来历,见二人美艳,更加放量快饮。加上两位美人也是左右劝说和裴寂的再三酬劝,李渊不觉得已经酩酊大醉了。裴寂便悄悄地离席而去了。李渊又在两位美人的劝说下饮了几杯,站起身时已经立脚不稳,由两位美人扶着去睡了,这时已经是醉眼模糊,哪里还分辨得出是宫中还是自己的府中。待到李渊一觉醒来,忽然想起昨夜的事情,心中不觉生疑,又看见自己睡在龙床之上,身上盖着黄袍,还有两位美人。惊讶地问道:"你们两个是谁?"二人笑着说道:"大人不要惊慌,我二人是皇上的嫔妃,张妃和尹妃。"李渊大惊:"怎么可以和宫中的嫔妃贵人同睡一张床呢?"说着便要起身,这时两位美人说道:"皇上巡幸还没有回来,现在天下群雄并起,裴公以为天下非您莫属,所以让臣妾来服侍大人,也是为了我们的将来打算啊。"李渊长叹一口气说道:"这个裴寂,真是把我害苦了!"说着起身走到大殿,裴寂迎了出来说道:"深宫没有人,大人何必起这么早呢?"唐公说道:"虽然没有人,但是着实心里不安。"裴寂说道:"大英雄为天下着想,何必在乎这些小的细节呢?"便让左右为李渊梳洗。完毕后又让人摆上酒席,饮过数杯后说道:"现在隋炀帝无道,百姓穷困,四方豪杰并起,晋阳城外到处都是战场。您手握重权,令郎又暗地里招兵买马,为何不起兵救百姓于水火之中,建立万世不朽的基业呢?"唐公说道:"您怎么说这种话呢,怎么想要用灭族之祸强加于我呢?李渊这么多年承蒙皇恩,一定不会有改变志向的道理的。"裴寂说道:"现在朝廷昏暗暴戾,民间盗贼四起,您若还是这样,就离灭亡之日不远了。不如顺应民心,起兵反隋,则可以转祸为福,这个天机非常难得,不要轻易失去啊!"李渊说道:"您不要再说了,这些话要是泄露出去可是要诛灭九族的啊!"裴寂笑着说道:"正是害怕您不答应,所以才和令郎李世民商量制定了此计,才会有昨天晚上的事情。"李渊说道:"我儿一定不会这样的,你为什么要陷我于不义呢?"话没说完李世民从旁边走了出来,说道:"裴大人的话,分析了当今的情况,父亲应该听从才是啊。"李渊闻听此言,又见是李世民,只好假装愤怒,说道:"首先要杀了你!"李世民毫无惧色:"父亲要杀我,我毫无怨言,只是父亲也罪在难逃,除非起兵。"李渊无奈,只得悄悄地让人将建成、元吉叫到太原团聚。一番准备后,李渊称帝,国号为唐,立建成为太子,封李世民为秦王,元吉为齐王。

自此,李渊率领众豪杰吹响了灭亡隋朝的号角,为开创唐朝盛世奏响了序曲。

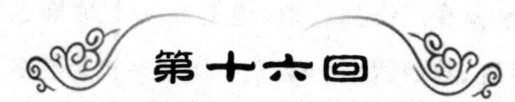

第十六回

炀帝系白练归天
嫔妃殉死节香销

隋炀帝杨广在位之时真是穷奢极致,他把祖辈用血汗打下的江山用来欢娱享乐。他在江都芜城中又造了一座宫殿,更加富丽堂皇。还增加了一座月观九曲池,又造一座大石桥。炀帝便日夜在这宫院中纵情欢娱。

一天,炀帝刚刚睡醒,正在纱窗下看妃嫔们追捕蝴蝶,忽然有个内相来报:"蕃厘观琼花盛开,请万岁赏玩。"炀帝大喜,随即传旨,在蕃厘观摆宴,宣萧皇后和十六院夫人去赏琼花。不一会,萧皇后和夫人们都到了,于是隋炀帝和萧皇后上了玉辇,众夫人们也都上了香车,一齐到蕃厘观。

原来这琼花也是有典故的。有一个仙人道号"蕃厘",他和众人说仙家的花木有多美,但是世人都不相信,于是他取白玉一块,种在地上,片刻之间,长起一棵树,开花似琼瑶一般,晶莹剔透,又因为是种玉长成的,于是取名叫琼花。后来仙人去了,乡里的人都觉得这是奇迹,于是建造了这个蕃厘观,用来纪念这个奇闻。近来,这个琼花有一丈多高,花如白雪,花瓣团团,就像仙花一般,香气芬芳,与那些凡花大不相同。这琼花便成了江都的一个名胜。

炀帝和萧皇后绕到后殿，望见高台上琼堆玉砌，一片洁白，异香阵阵，扑面飘来。炀帝十分高兴："果然名不虚传，真是从未见过啊！"说着正要到花下去仔细观看，谁知事有不测，忽然花丛中卷起一阵香风，却非常狂骤。宫人太监们看见大风吹起，连忙用掌扇御盖，团团将炀帝与萧皇后围在中间，等到风过了，才躲开了。炀帝抬头一看，只见花飞蕊落，雪白的堆了一地，枝上一片花瓣都没有了。炀帝和萧皇后见此情景，都惊呆了半晌，随后大怒道："还未曾看个明白，就落成这般模样，真是可恨！这哪里是风吹落，都是妖花作祟，不让我看。我今天不把它们都连根砍去，难解我心头之恨！"于是传旨让左右下人去砍。众夫人都劝说道："琼花天下只有一根，留着明年开花再赏。要是砍去了，就绝了这个花种了。"炀帝却说道："朕巍巍天子，都看不得，留给谁看呢？今天是这个样子，还指望什么明年？我今天就绝了这个花种，也没什么大不了！"说着连声叫砍。太监们也不敢违背，于是拿来斧子，将这世间稀有的琼花连根带枝砍得干干净净。隋炀帝和萧皇后及各位夫人们也没了兴致，便回宫院去了。炀帝又对众夫人们说："朕与御妻们一块下龙舟去游九曲河怎么样？"萧皇后说："天气晴朗，湖光山色，必定可观。"于是炀帝便吩咐左右下人，摆宴在龙舟，去游九曲。

炀帝与夫人们在龙舟上一边饮酒，一边游览。东撑西荡，游了半日，慢慢游到大石桥上来。那时正值四月初，有一弯新月，斜挂在柳梢，照在水上。炀帝和萧皇后们到了桥上，那桥又高又宽，都是白石砌成，光洁如洗，两岸大树覆盖，桥下五色金鱼，往来游泳。炀帝因为琼花落尽，烦闷了大半日，看到这样景色，就像吃了一剂清凉散，心中觉得爽快。于是靠着桥栏杆和众夫人说笑饮酒。萧皇后问："这座桥叫什么名字？"炀帝说道："没有名字。"夏夫人说道："陛下何不就今日光景，题一个名字，也为日后流传。"炀帝说道："说得有理。"于是低头想了一下说道："景物都是因人而得名，古代有'七贤乡'、'五老堂'，都是以人数著名。今天朕同御妻和十五位妃子，还有朱贵儿、袁嫔儿等七个，共是二十四个人在此，就叫它'二十四桥'，岂不妙哉？"大家都欢喜道："好个二十四桥，足见陛下无偏袒之心。"炀帝十分高兴，便与大家欢歌畅饮。

炀帝只顾在这边日夜荒淫，却不知道宫外面已经是群雄并起，处处割据。朝中大臣宇文化及是个庸流之辈，他的兄弟智及也是个凶恶之徒，所以隋炀帝昏庸无道，他们也就随波逐流。隋炀帝东巡西狩，远征高丽，四处建造宫殿，他们也都不劝谏一句。到了盗贼四起的时候，却不能征讨抵抗，君臣都在江都，就任凭自己的江山今天丢了一县，明天丢了一城。在朝大臣不说，君主也不知道。就想着挨一天算一天。直到有人报说李渊反了，要起兵杀入关中，这时这些随驾的臣子们都没了主意了。先是郎将窦贤，领本部逃回关中。炀帝知道了，派兵将他杀了，这下可不好了，在江都要饿死，回关中要被杀死，要想死里逃生，就得想个办法。众大臣于是商议："我们一齐逃走，自然就没有人追杀我们了；即使追杀，我们也不怕了。"这几个人不过是商议逃跑，可是宇文智及却说道："皇上昏庸无道，群雄并起。我看是天灭隋朝，我们现在也有一万人，不如共举大事，大家还可以共享富贵。"这个奸臣贼子此时却想着叛逆造反了，众大臣也没有主意只能说"好"，于是奉宇文化及为主，也造反了。

这事很快就传到宫院中了。等到宇文化及领兵动手，隋炀帝的儿子赵王和四位夫人乔装打扮早就逃出了城。隋炀帝平时最怕人说乱，有人说就要被杀，谁知今日到底还是到了此等地步。他和萧皇后躲在西阁中，相对叹息情景凄惨。一天夜中，听着外面喊声震天，内监连连报道："杀到内殿来了！"屯卫将军独孤盛被杀了，千牛独孤开远也战死了，一班贼臣抓住一个宫娥，问她隋炀帝在哪，宫娥说在西阁中。裴虔通和元礼就带人径直到西阁中来。听见里面有人声，知道隋炀帝在里面。马文举拔刀就冲进去，众人也相继而上。

只见隋炀帝和萧皇后面对面坐着哭泣，看见众人，便说道："你等都是朕的臣子，终年高爵厚禄，我哪里亏待了你们，为什么要篡逆？"裴虔通说道："陛下只顾自己享乐，并不体恤臣下，才会有今日之变。"只见朱贵儿从背后转出来，用手指着众人说道："皇恩浩荡，不必说终年厚禄，只是日前皇上考虑你们这些侍卫的家都在东都，时间久了思念家乡，寂寞难耐，就传旨将江都女孩、寡妇等搜到你们府下，让你们自行匹配。皇恩如此，还说不体恤臣子，还想着篡逆？"隋炀帝又说道："我没有负你们，为何你们要负我？"这时一个逆臣说道："臣等确实有负陛下，但是今天已到如此地步了，两京都被贼人占据了，陛下都回不去了，臣等也无路可走。臣等知道有愧皇恩,但是如今只有得到陛下首级,才能以谢天下。"朱贵儿听了大骂道:"逆贼焉敢口出狂言!万岁虽然不德,但乃是天子之尊,一朝君父,你等侍卫小臣,怎敢妄图富贵,受这万世乱臣贼子的骂名!"裴虔通听了说道:"你一个贱俾,竟敢在这说这样诋毁我们的话!"朱贵儿大骂:"背君逆贼,你们现在仗着兵权在手,皇上恩泽天下,难道就没有一两个忠臣义士,为君父报仇,到时将你们碎尸万段,你们就悔之晚矣!"马文举大怒:"你这个贱俾,平日里蛊惑君心,以致天下败亡,不杀你难以谢天下!"于是举刀,向贵儿脸上砍去。朱贵儿仍然骂不绝口,跌倒在地。可怜贵儿玉骨香魂,此时都化作了一腔热血。

马文举杀了朱贵儿,一手拿刀,一手要来扶隋炀帝下阁,这时一叛臣说:"许公有令,如此昏君,不必扶来见我,可立刻下手。"萧皇后听了,苦苦哀求众人,说道:"众位将军,皇上实在不德,可是看在往日给你们高爵厚禄的情面上,叫他让位与众位将军,将他降为三公,过完余生。众位将军以为可否?"只见袁宝儿出来听见萧皇后一千个"将军"一万个"将军"地在那里哭叫,笑着向萧皇后说道:"娘娘何苦如此呢?料想这些贼臣,没有忠爱君主的人在里头,哪里肯容万岁安然地让位,然后同娘娘及时行乐呢?"又对隋炀帝说道:"陛下常以英雄自许,此时何苦贪恋自己身躯呢,还求这班贼臣?人谁无死,妾今日死于万岁面前,可谓死得其所了。妾先去了,万岁快来!"马文举忙把手去扯她,宝儿瞪起双眼,大声喝道:"贼臣休得靠近我!"一边说一边把佩刀向脖子上一刎,把身子向上一耸，鲜血便如红雨般喷出来。一个娇丽的身躯，就这样直挺挺地靠在窗棂。萧皇后看见，吓得飞一般地跑下阁去了。隋炀帝见了，心胆都碎了。裴虔通等提刀向前，就要杀隋炀帝。隋炀帝大叫道："休得动手！天子自有死法，快取鸩酒来！"裴虔通说："鸩酒不如用锋利的刀死得快！"隋炀帝杨广此时垂泪说道："朕为天子一场，乞求全尸而死。"马文举取来一条白绢送上。炀帝大哭道："昔日凤仪院李庆儿，梦见朕白练绕颈，今日应验了！"贼臣等叫武士一齐动手，将炀帝拥了进去，用白绢缢死，时年才二十九岁。

隋炀帝杨广当年弑父篡位，然后坐拥江山，穷奢一生，终于作恶太多，早早归天，结束了他十三年的皇帝生涯。上天安排他进入了下一世的轮回。历史向前发展，他的下一世故事也将继续传说下去。

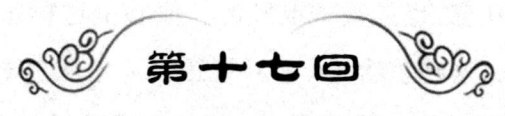

第十七回
王世充施诡计
打李密

　　一个国家遭遇生死存亡的大事时，一定要有真正的国君，真正的英雄才能挽救，否则只能功败垂成，让人感叹。当年群雄并起时，魏主李密也是雄才伟略，但是终究是才智抱负有限，最后竟被王世充所灭。这个魏国被打败的故事讲起来还有些玄幻的味道，还与这周公有很大的联系。

　　贾润甫告别李靖等人来到洛阳，打探到洛阳王王世充大行操练兵马。润甫便要到中军帐里去见他。王世充早知道他的来意，偏不见他，只叫人传话给他："我这里正缺军饷，到哪里再讨要来偿还你家呢？除非等到去淮上收了稻子，到时当面还给魏公。"贾润甫见他这样，知道他是背信弃义，就是不想还他粮食，便回复魏主李密说："王世充的举动明显是不顾道德良心，而且他日夜操练兵马，早晚必来侵犯我们，不得不早点预防啊。"李密听了，大怒道："此等贼人，我不等他来侵犯我，我当面先去找他问罪去！"便立刻命程咬金、樊文超为前方部队，单雄信、王当仁为第二队，李密自己与王伯当、裴仁基为马后队，向东都洛阳进发了。

　　王世充那边早有探马来报，心里想要是真与李密打起来,他人马众多,也是很难取胜的。他心里这样想着坐在军中闷闷不乐,这时忽然一个小兵说道:"前年从李密那借粮食时,他的粮库到处都是老鼠,一时多到了难以控制的程度。而且他宫中还有很多怪异的事情。百姓都说他的宫殿原来是周公的庙地,李密他断绝了周公的香火,都是周公在报复他呢。"王世充听了,说道:"怕这事情不是真的啊。"那个小兵说道:"大家都说有这样的怪异的事情,我为什么要说谎呢?"王世充听了大喜:"这样的话,我这里倒有一计,但是需要有个聪明伶俐的人来配合呀。"王世充说着看看这个小兵,小兵也很聪明,当下便明白了王世充的意思,点头微笑也不说什么。

第二天,王世充便擂鼓召集兵将,大宴群臣,商议御敌的计策。王世充问:"李密的宫殿是隋朝的故宫还是自己后来建造的?"手下一大臣回答道:"魏主李密的宫室原来是周公的神祠。李密认为周公的庙宇应该建在鲁地而并非他那里,便把他改为宫殿了。"王世充听了拍案而起:"怪不得昨夜三更时分我梦见一神人跟我说李密夺了他的庙宇,令他漂泊无依。他说现在李密气数已尽,令我替他报仇。"众臣听了都说道:"有神人相助,必定打败李密,魏国的土地也都归我们了!"正说着,只见三四个小兵来报:"中军的旗哨陈龙,忽然若狂若痴,口中大叫:'我要见东郑王!'"王世充听了,马上笑逐颜开,对众臣说道:"这个小兵一向都诚恳老实,为什么忽然有这样的举动呢?我们同去看看。"说着,大家骑马来到教场,看见陈龙闭着双眼,挺挺地睡在桌上,口里正高声朗诵着什么"文王在上，于昭于天"的大家摸不着头脑的话。他看见王世充来了，就忽然跳起身，站在了桌上，对着外边说道："东郑主请了，现在周公附体在我身上。你不要忘了我梦里托你的事，我现在借你阴兵三千，去打李密，你快快发兵，我去了。"说完就跳下桌，手脚冰凉，直僵僵地躺在草地上。王世充赶紧派人将他背了回去。众大臣和郑国的兵将从此就都觉得有个周公在帮助他们打李密，其实王世充心里清楚这只是他使的一个计策罢了。他本来就是一个奸诈狡猾之人，请的军师也是个使用旁门左道的人。他使用很多邪术来对付李密。

李密本来也是一个很明智的人，只是他太自以为才略高强了，以为天下无敌。先把足智多谋的徐世绩调去了黎阳，又让忠勇双全的秦叔宝去守城池，贾润甫也是一直为他进献好的计策，可是他都不听，身边只有好斗的单雄信和程咬金了。程咬金作为前队先锋，心里一直想爽快地打上一仗。谁知王世充的兵马拒门不出。程咬金冲到城边，看见城上红红绿绿都是些怪兽模样的东西，便吓得逃了回来。单雄信的第二队人马到了，架起云梯炮石攻城，也是没有攻破。便号令安营扎寨，他害怕王世充的人马来偷袭营寨，下令夜间要一直举火不能熄灭。到了三更时分，魏营兵将耳边听得四下里有声音，是隐隐的声音，不是很大声，但是却不间断。这些人听着，不免心中惶惑。忽然有巡逻的来报："王世充的木城已开，但是里面灯火全无，也不见一个人影。"程咬金白天时攻打了半天正心里烦躁，听了便忍耐不住，自己当先，带领军马到了城外，远远望去，城门大开，里面灯火都亮着，就像白天一样，但是却没看见一个士兵。程咬金更是气不打一处来，口中大喊："有胆气的随我来！"这时只见城中一声炮响，闪出一个大将来，与程咬金打了十几个回合，便败阵逃跑，程咬金自然不放过，拍马就追，大约追了十里路，听得"轰"的一声炮响，接着四处都是炮声，忽然又是一阵怪风刮起。这时天色已渐亮了，程咬金正催促兵马追杀呢，突然，从旁边杀出七八队人马，都是蓝脸红发，巨口獠牙，穿着五色长袍，脚上踩着高跷，手里拿着砍刀，高声叫着："天兵到了，你们要命的就快投降。"单雄信的兵马见了，都十分害怕，调转马头就往回厮杀，这样两队人马和王世充的人马就杀成了一团。程咬金打得正起劲，忽然听见有人大喊："李密被捉到了！"程咬金一看，果然一簇兵马，拥着一人，身穿锦袍金甲，还大声喊着："快来救我！"但是马上就被那些人拉进了阵里。程咬金看了大吃一惊。其实是王世充使用了军师的诡计，在山下抓了一个砍柴的樵夫，长得很像李密，便叫他扮成李密的样子，欺骗魏国的将士。此计果然得逞了，程咬金看李密被抓，他挂念他的母亲，不想投降，便在乱军中卸去盔甲，偷偷逃跑了。单雄信的第二队人马看见前面的人一齐跪倒，不知为何，却听来人报说："魏公已被捉拿，前军都已投降了。"单雄信也是个莽夫，也上了王世充的当了，想和王当仁一块杀出去。无奈四周的郑国围兵越来越多，单雄信的马被拖翻了，无奈之下单雄信只好投降了。李密还在后面领着精锐的心腹之士督战呢，看见前面兵阵散乱，正在惊疑的时候，听见后面山上喊

声震天，一些短刀步兵，冲下山来，在他的阵后乱砍。李密赶
紧回到营中，守寨的军士也被王世充打得四散逃跑。李密被
前后夹攻，腹背受敌，没有办法，只好换了衣服装作普通人逃
往洛口去了。可惜李密也自称一世枭雄，如今也是兵败如山
倒，一发不可收拾。

单雄信被骗投降

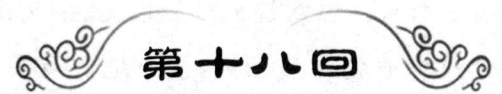

第十八回
李密降唐又反悔
王伯当为友捐躯

　　李密被王世充打败逃到洛口以后,歇息了一夜,第二天正打算和众将商量计策,只见程咬金和十几个小兵也逃了过来。李密大怒,问起当日为何战败,程咬金便把王世充施诡计,他们都被假李密骗了的经过讲了一遍。程咬金的话还没说完,魏征也一人骑马过来,他也同样被假李密骗得开了城门,丢了城池。不一会,贾润甫手下士兵来报:"虎牢关也丢失了。王世充的兵马距离洛口只有三十里了。"李密见王世充如此士气,洛口根本抵挡不住,于是退守河阳。不到两日,士兵又报偃师、洛阳失守。李密叹道:"没想到贼人使用这样的诡计,使我丢失了这么多的城池,损失了好几员大将,这都是我一时大意,以至于此啊。如今我方寸已乱,教我如何是好?"王伯当说道:"为今之计就是去找徐世绩,他为人忠义,又足智多谋,与他同守黎阳。末将不才,愿意死守!"李密说道:"这个计策很好。"又问众将,他们大多却是默默不语。李密再问,大家才只好说道:"现在我们已经失去了人心。单雄信投降了,偃师、洛口、虎牢关都接连失守,现在我们只有两万士兵,再有一点耽搁,恐怕要死守都没有人相助了。"李密听了,不禁流下泪来。想到过去打王世充、宇文化及时是何等辉煌,如今只一战就众叛亲离,没有地方可去,没有人同守。想到这就要拔剑自刎,王伯当一把抱住,不禁也流下泪来。他劝李密道:"一时的失利怎么能知道以后就不能复兴呢? 怎能自寻短见?"李密哽咽了好久,才说道:"我本不甘居人之下,现在老天爷灭我,我无计可施,如果诸位不嫌弃就同我到关中投奔唐王,我想大家也不会失去富贵的。"众将齐声道:"愿意随明公投奔唐王。"李密对王伯当说道:"将军家室多在瓦岗,要是投奔唐王去了关内,恐怕会挂念,不如将军就去瓦岗吧。"伯当说道:"昔日与明公发誓生死相随,今日怎么能离弃? 即使我失去生命都心甘情愿,何况与家室分开呢?"这几句话说得大家都很感动,没有一个肯离散的,只有程咬金不肯前去,大家问他是否担心他的母亲在瓦岗,他却说道:"尤大哥在瓦岗时刻照顾我的母亲,我根本不担心。只是当年李世民被监禁在南牢,多半是我程咬金在害他,我若前去投奔唐王李家,还不是自找死路吗?"众人听了说道:"人各有志,他不去,我们去便是了。"李密怕时间久了有什么变故,于是也没有等秦琼回来,也没有知会徐世绩,便带着他这两万人西行了。同时差人表奏唐主李渊。唐帝知道李密才智可用,况且他又有很多旧部,所以不胜欢喜。李密心中却是非常悲伤,想当年他叱咤风云时,李渊对他是何等地尊崇,如今他反成为他的臣子,心中很是不平。但是现如今,却不得不身为人下了。于是率领王伯当等一干人等进入长安,朝见唐帝李渊。

李密初到长安时，心想李渊至少会封他一个王位，谁知只给他一个光禄卿，心中很不高兴，但是李渊看他无家，又把表妹独孤氏许给他做妻子，对他已经很恩厚了。

李密在长安呆了将近一个月，这时秦王李世民在陇西得胜归来。李渊知道李世民与李密曾经有过过节，于是叫李密前去迎接李世民也好化解他们之间的恩怨。于是李密带着王伯当等二十余人离开长安，往北迎接李世民。哨马报说秦王已经离此不远了，不久便听见金鼓喧闹，炮声震天，锦衣队队，箭戟排列。李密想来的就是李世民，于是与众官分班站立等候，只见马上一大将高呼："我不是秦王，我是长孙无忌，殿下还在后面，你们可在此站立等待。"李密见此，心中恼恨，他知道是秦王故意让他的手下将领装作王子来羞辱他；不想去接，又怕李渊怪罪；若再去接，又觉得羞辱难堪。正在悔恨之时，又见一队人马过来，前面一队回避金牌高高举起，中间的彩旗分五种颜色，李密想这个必定是秦王了，忙与众将俯身鞠躬，只见马上两人笑道："我们是马三保、白显道，前年我们到金墉来望你，而今你到我们长安来，你来接殿下，后面帷幔里坐着的就是。"李密听见了，满面羞愧，捶胸跺脚，仰天长叹："大丈夫受辱到此等地步，还有何脸面活在这世上？"又想拔剑自刎。王伯当急忙上前夺过宝剑，劝他忍气，耐性才能成就大事。正说着，忽然有人来报说前面风卷出一面黄旗，上面绣着"秦王"二字，必定是秦王无疑。李密立在路旁，又过了四个大将，才看见秦王李世民高高坐在帷幔中。其实李世民早就知道李密来接他，所以故意让这十位将军这样打扮来羞辱他。

秦王李世民进朝见了唐帝李渊,李渊十分高兴。李世民问李渊为何当年他深陷南牢时有恩于他的几个人反而不见呢。李渊回答道:"魏征已经在这里了,我知道他是有用之才,已经安排他在你府中办事;如今听说他身体有病,所以没有去接你。"说完李世民进宫见了母后,然后谢恩出朝。

李世民原本是求贤若渴,心中颇有抱负的人。况且当年有恩于他,想到魏征身体患病怎能不担心呢?他一进府中就到魏征所住之处看望。其实魏征本没有生病,只是听说李密去接秦王李世民,李密要他同去,他知道会有不愉快的事情发生,所以才谎称有病。如今听说秦王来看他,飞似的赶出来拜伏在地,李世民连忙扶起他。还问起秦琼和徐世绩现在何处,魏征都一一回答。世民又问起:"那个粗莽的贼子程咬金怎么不见呢?"魏征回答道:"当日他得罪了殿下,现在不敢来,到瓦岗拜母去了。人虽粗鲁,却是非常孝顺。他若知道他的母亲现在长安,一定奋不顾身来长安,到时希望殿下忘记前仇能够包容他。"从此,秦王与魏征朝夕在一起谈论大事,非常亲密。程咬金果然像魏征说的那样来长安寻母。李世民也没有记前仇,收容了他,唐帝李渊也封了程咬金为虎翼大将军,也是听从秦王指挥的。

李密被秦王羞辱以后,回到府上,每日都坐卧不安。他听说程咬金来到长安,心里想着会来看望他,但是等了三四日都没有来,听说被封了将军,离开长安了。李密特别气闷,想他坐在这里像等死一样,不知何时才有出头之日。跟随他的众将也是生活得不好,以前攻城略地,得来的金帛随便享用,如今却没有那么富足,自然觉得过的不如以前那么舒服。现在看李密有离开的想法,大家也就跟着响应。贾润甫劝说此事不妥,李渊对他们已经很仁厚,不可以忘恩弃义,况且现在时机也不对。但是被李密大骂,甚至要拔剑杀了他,幸好有王伯当上前阻拦。李密没有和大家商量好计策,非常气愤,回到后堂。他的妻子独孤公主问:"大丈夫应该胸襟磊落,为何夫君脸上有不高兴的神色呢?"李密便讲了打算背弃唐朝的想法。独孤公主道:"我兄长看你无家,将我赐婚与你,如此厚恩你不思回报,反而要忘恩弃义。"李密争辩道:"皇上虽然对我有恩,但是如今势不两立。况且你一妇人家应该出嫁从夫。"独孤公主见他这样说,不禁恸哭失声:"我以为你是个好人,会尽心报国,没想到却如此不忠不义,此生我还有什么可以依靠呢?"李密见公主与他不是一心,举剑就要杀了公主,幸亏一个机灵丫鬟从中劝说才停手。

李密手下将军知道公主已经知道李密的想法,决定不能延迟,打算立即离开长安。于是和王伯当等六十余人,不等天明,就匆匆从北门出城了。守城的士兵报告给秦王,李世民听了大怒,立即上奏唐帝李渊。于是李渊发出虎牌,要各关卡拦截捉拿。

李密等六十余人过了潼关便分成两队分开走。李密和王伯当等三十几个人一队往桃林县走。这个地方的地方官是个有贤能的人。见到这些人乘着黑夜穿过,心中早有疑惑。李密以为官兵必在潞州拦截,山路上并未有人阻挡,他以为没有危险了，谁知走到一条一边是高山，一边是深溪的大路时，李密和王伯当两人策马先走，不顾其他人，这时一声炮响，山上树林中万箭齐发，二人当场死于乱箭之下。官兵收拾好二人首级，报给唐帝，李渊大喜。

李密真是空有一腔才智，却不懂得好好使用，终于惹来杀身之祸；而王伯当誓死与朋友一心，直至为友舍命捐躯，真是可悲可叹。

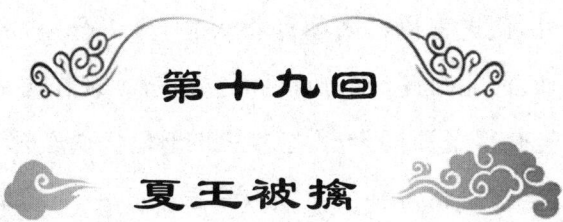

第十九回

夏王被擒

兵法上说，不战而屈人之兵，乃是上上之计。两兵对战，若有良策良计，不仅可以免去军队奔波之苦，更会让多少的将士可以免得血染沙场，马革裹尸，多少家庭可以保全。

隋朝末年，群雄并起，虽然都是为了反抗隋朝，但是他们各自之间为了争夺地盘也是不断有战争发生。郑国王世充，被秦王兵马围困，于是让长孙安世和代王琬等人去求救于夏国，希望夏王窦建德能够发兵。那长孙安世便奉了王世充之命，带了许多的金银财宝，来到了乐寿，将宝物馈赠给夏国的各位将领，其中只有祭酒凌敬不肯收，另外大将曹旦后来派人将礼物送还给了他。第二日清晨，长孙安世来见夏王窦建德，呈上王世充的书信。夏王说道："你我是邻邦，本应该相互帮助的。但是我国与唐朝已经修好，哪能够再出兵呢？再说我国刚刚结束了一场大战，还没有休养生息，若再劳师动众去打仗，恐怕承受不了啊。"长孙安世说道："郑国和夏国接邻，唇亡齿寒，现在郑国危亡之际，夏国若不去解救，郑国必亡，则夏国的灭国之日就不远了。"窦建德听完便请他先回避，自己则和众位大臣进行协商。这些大将大多收了长孙安世的好处，便进言道："隋朝即将灭亡，天下分崩，关中归唐，河南归郑，河北归夏，成为鼎足而立之势。现在唐征伐郑国，而且已经获得了郑国十分之二三的土地。倘若郑国兵力不足，一定会被唐朝占领的。攻取郑国后下一个就是夏国了，到时候恐怕我们自己难以支撑啊。不如今天发兵救郑国，内外夹击，一定能够取胜的。如果战胜唐军，一定会立下威名，有机会便把郑国也拿下，到时候合两国之兵力，乘唐军疲惫之时，可以拿下关中，到时候天下可定了。"这几句话说得窦建德鼓掌称快："各位说得很好，只是恐怕我没有这个能力啊。"凌敬说道："主公的话恐怕有不妥的地方。现在唐军以重兵围困东都，大将据守在虎牢关，我们也弄不清楚需要派多少兵力来对付他，不如我们发兵济河，夺取怀州、河阳，用重兵把守。然后绕过太行山脉，进入上党，收复河东之地，这才是上上策。而且有多种好处：唐兵大都在洛阳，国内空虚，我们可以轻易攻取，这是其一；秦王若知道我大军入境，一定会带兵来救，这样郑国的围困可解，这是其二。这是上天赐给的好时机，请主公详察，不要错过了这么好的机会。"其他将领纷纷议论说什么救兵如救火，若是按照这个样子，一定会耗费很长时间，到时候郑国万一被唐军破了，王世充被捉，弄个唇亡齿寒，还会使主公失信于天下。窦建德也不说话，走进宫去，看见曹皇后在屏风后面，便将这件事跟曹皇后说了一遍，曹皇后说道："其他大臣的议论都不要考虑了，臣妾认为唯独凌敬的计策最好，皇上应该接纳他的建议。"窦建德说道："这迂回的战术有什么好的？"曹皇后说道："您到时候乘虚进入唐军大营,外面再让突厥从西面袭击唐军,到时候唐军必定回来救援的,到时候郑国也就不解自救了。"窦建德说道:"我自有主张,皇后就不要费心了。"第二天清晨,长孙安世再次过来哀求,夏王窦建德便任命曹旦为先锋、刘黑闼为行军总管,自己和孙安祖为后队,率领十五万人马,向虎牢关进发。让窦线娘与凌敬、曹皇后守国。当秦王接到眼线报告时,很多大将都非常忧虑,恐怕腹背受敌,唯独秦王大喜。李靖说道:"想不到殿下这次出兵一箭双雕啊。"另一个手下郭孝格也说道:"洛阳破亡是指日之间的事情,这个窦建德不自量力,远来救援,这是天意要殿下消灭他们,这么好的机会,殿下可千万不能轻易失去。"李靖又建议道:"现在殿下只要兵分两路,一路困住洛阳,殿下带领另一路精锐的兵马,迅速占领成皋这个必经之路,养精蓄锐,窦建德的军队经过长途跋涉,到达时已经是人疲马乏,我们就可以以逸待劳,一鼓作气杀败建德,到时候王世充一定会不战而降的。"秦王听完大喜,便一起制定了详细的作战分工和计划。于是带上秦琼和尉迟敬德和自己的五千玄甲兵,赶到了虎牢关和徐懋功会合后,并接纳了他的夜间偷袭夏军大营的计策。再说夏国的先锋曹旦,到了虎牢,安营扎寨一二十里。天天派人到唐军面前来叫阵,却没有人应答。都以为是唐军害怕他们的十五万兵马,不敢出头。夜间虽然也留心防止唐军来偷营,但自恃兵马众多,从将军到士兵的心理还是很松懈的。一天夜里,将士刚刚卸甲安睡,只听得一声炮响,远处喊叫声震天。曹旦急忙跨马出来,看见无数的火枪,掩护着一条黑脸大汉杀了过来。曹旦飞枪便刺,却被那将一鞭隔开,被火枪打在脸上,眉毛胡子都给烧去了,逃入阵中。原来是尉迟敬德领着一千人马,冲杀到了阵中。一直杀到近鹊山,忽然听到第二声炮响,只见罗士信骑在马上,士兵都是红灯响铃,好像有几千人马杀来,在夏阵中四处冲杀。这边秦琼也率领一千人马冲入阵中,和敬德、士信会合在一起,三千人马,却好似几万人马一般,东冲西砍,将夏兵杀了个落花流水。正在杀得兴起时候,唐阵鸣金收兵,众人只好杀回大营。秦王和徐懋功早就摆好了宴席为他们庆功,回来清点将士,三千人马,没有损失一个。秦王对将士从上到下进行了封赏。徐懋功说道:"今晚不过是给他们送个信,让他们知道我们唐朝将士的厉害,明天还需要诸位努力作战,一举将他们消灭。"

再说窦建德的兵马,因为被唐军搅扰了半夜,四更时分便传令埋锅造饭,将刘黑闼改为前队,曹旦改为中营,前后排了二十多里路,浩浩荡荡奔唐兵而来。建德见到唐兵不动,便先派了三百兵卒,先行过河。唐军将士看到一眼望不到头的十几万夏军也不禁有些胆怯。秦王却镇定自若,和徐懋功一同上了一个高丘,骑在马上眺望。徐懋功说道:"这窦建德自山东起兵以来,只不过是攻打过一些小毛贼而已,从来没有遇到过大的军队,今天虽然是十几万人的大阵,但是队伍不整齐,纪律涣散,攻打起来也并非难事呀。"秦王看到郑国的代王琬骑了一匹大宛国进贡的青骢马,不禁感叹道:"这小将骑的可是一匹好马呀。"尉迟敬德听到后说道:"既然殿下喜欢,待小将牵来。"秦王忙说道:"不可,将军不可冒险。"敬德说道:"没有关系。"两腿把马一夹,直奔夏阵而去,旁边两名将官害怕他有闪失,也打马跟来。那代王琬正在观战,只听得耳边一声惊雷:"哪里走!"好像小鸡一样被敬德抓住,另外两人也赶到,连人带马一齐弄回到唐军阵营。夏国的军士看到自己阵后面的人被人家轻松抓走,心中不觉胆寒,无心恋战,慌忙后退。徐懋功哪里肯放过这么好的进攻机会,亲自擂响了战鼓,众位将士按照原定的部署,兵分两路,对夏军前后夹击。夏军只好边战边退。唐军追杀三十余里地,斩首级过万。窦建德急忙脱去朝服,改为和将士一样的打扮,上前厮杀,不想遇见柴绍夫妇,领了一队娘子军杀来,建德不敌,中了一枪,再看身边,已经没有可以护驾的将士,只好钻到茂密的芦苇中藏起来。不曾想自己的金盔甲太惹眼,被唐军看见,两个将军白士让和杨武威纵马上来,围住了芦苇丛,用长枪一顿乱扎。窦建德身在芦苇中想要冲杀出来,怎奈身负重伤,即便出来也厮杀不过。若是在里面躲着,保不准就被乱枪扎死在里面,只好大声叫道:"我是夏王窦建德,将军若是救我,我把河北和您平分,今后共享荣华富贵。"杨武威说道:"你只要出来,我等便救你。"建德纵马跳出来,被他们一拥而上绑了起来,回到大营之中。只见尉迟敬德提了刘黑闼的首级,王薄提了范愿的首级,罗士信活捉了长孙安世,都在帐前献功。可怜夏国的十几万雄兵,杀伤死亡,一日间散了个干干净净,只剩下一个孙安祖,带了二三十个小兵,逃往乐寿了。

这窦建德也是难得的英雄豪杰,原本外有良臣,内有贤助,齐家治国也是个全才,无奈天命如此。秦王本来有杀他以绝后患之意,后来感叹他女儿窦线娘为了保全父亲性命,宁愿以身替罪的壮举,对他特赦,于是允许窦建德剃度为僧,焚香修行,以报皇恩。

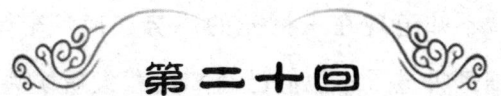

第二十回

单雄信割袍断义

秦王李世民与徐懋功灭了刘武周，收降了尉迟敬德之后，军威越发壮大了。徐懋功对秦王说："王世充灭了李密之后，得到了很多城池，也增加了很多人马，声势已经今非昔比了。现在殿下如果不发兵铲除他，恐怕日后就更难收拾了。现在派各路将军，分别从四路先去其爪牙，收了他的土地，断了他的粮饷，然后从四方并拢将其包围，使他外无救兵，在内难守，然后很快就可以将其消灭了。"秦王听了觉得此计非常好，于是将兵符册籍都交给徐懋功。徐懋功便开始派兵点将了。他命令总管史万宝从宜阳县进兵，夺取龙门一带的地方；将军刘德威，自太行山进入河内；王君廓从洛口断绝王世充的粮道；总管黄君汉，从河阴攻取洛城；大将屈突通、窦轨驻扎在中路埋伏，接应各路兵马；王簿和程咬金、尤俊达、连巨真等前往黎阳收复李密以前的土地；罗士信去夺取千金堡和虎牢关等地方；徐懋功同秦王、秦琼、尉迟敬德一起进河南，向鸿沟界口与李靖会合。李靖早已将兵屯在鸿沟界口，专等秦王到来。

大概一个月的时间，秦王李世民就到了鸿沟界口。见到李靖问道："不知道现在王世充的声势如何？"李靖说道："臣已派人细细打听过了。他们已经知道我大唐统兵来征讨，各处把守都分外严密，都是派遣弟兄子侄把守。魏王王洪烈把守襄阳，荆王王行本守虎牢，宋王王泰守陈州，齐王王世挥守南城，楚王王世伟守宝城……弄得水泄不通，日夜巡警。"秦王笑道："王世充真是愚蠢啊！国家功业哪能都让一家人占尽呢？他的弟兄子侄难道就都是智贤之人吗？他这种做法，我们很快就能看到他的失败了。"于是率领众将士直奔洛阳。王世充知道了，也点兵两万，临近谷水驻扎，与唐兵对阵。唐兵这边还未建营寨，士兵们怕王世充来袭击，心中难免有些惊慌。秦王平日习惯以寡敌众，以奇制胜，对此却全不介意，说道："贼人临水扎营，是怕我兵突然袭击，已经显示他们胆怯的心理。"于是命令秦琼、尉迟敬德冲入王世充的前阵，自己带领程咬金、罗士信等抄到王世充背后去袭击，王世充的郑国士兵看秦王兵少，把兵马都围了过来。秦王等众将奋力拼杀，打了三四个时辰，杀了王世充七千多士兵才收兵回营。

第二天，秦王与懋功在寨外闲玩，只看见二三十个百姓，大都拿着弓箭还有罗网什么的，李世民看见好奇便叫手下人叫过来，问道："你们去往何处？去做什么？"那些百姓赶紧跪下禀报说道："有人传说，魏宣武陵上昨日有只凤飞来，我们这些猎户打算去追它。"秦王问道："魏宣武陵有多少路？""只有一二十里。"猎户回答。"你们带我去，若是真的，我重重有赏。"李世民对他们说。"不可。"懋功说道，"这里离王世充后寨很近，要是有伏兵怎么办？"秦王说道："王世充两战大败，怎么敢再出兵呢?"于是身穿铠甲,带领五百士兵出寨了。

不一会儿便到了一个地方,左边山峰林立,右边飞涧幽泉,此处平坦,周围广阔,山林远照,真是一个胜地,他们到了魏宣武陵。李世民看了,无限感慨,称羡不已。正在看呢,一个猎户喊:"那飞来的不是凤鸟吗?"秦王定睛一看,只见一只大鸟,后边七八十个小鸟,都在一棵大树上。那鸟长颈花冠,羽毛是五种色彩的,分外鲜艳。秦王说:"这是海外的野鸾,错把它当成灵鸟了。"众猎户正要拿网去罗那鸟,忽然有人,拿手一指说:"那边又有兵马来,不好了!"说完,大家一哄而散了。懋功也催促秦王离开,秦王忙取一箭,拽满弓向野鸾射去,正中它的翅膀,那鸟带着箭飞出谷口去了。

秦王纵马也出了谷口,见外面都是郑国旗号。一将飞马过来,口中喊道:"李世民,郑国燕伊来拿你了!"秦王一见,忙跑进涧去,带住马,一箭正中燕伊咽喉,他应弦倒下了。秦王看那野鸾,在对面树上整理羽毛。秦王见前面是断涧,后面是郑国兵马,徐懋功又落在后面,野鸾却在对面鸣啼,就像呼朋唤友。秦王只好加鞭纵马跳去,三四丈宽的深涧,被他跳过去了。野鸾见秦王来,又向前飞数十步,停在一个高枝上了。秦王听见对岸金鼓声鼎沸,心里有些着急,对野鸾说道:"灵鸟,灵鸟,你若是救我,你就向我啼叫三声。"那鸟便向秦王连叫三声。秦王看山路崎岖,便下马,把马拴在树上,随鸟进山。

到了顶上,秦王远远看见对岸一将,凶神恶煞一般快马跑来,秦王认得是单雄信,后面又有一将,也纵马赶来,是徐懋功。秦王正看呆时,听灵鸟叫了一声,秦王转身想:灵鸟不飞去还啼鸣,看来此山还有出路。就随着灵鸟走去,只看见一个石室,外边站着一个和尚,光彩满目,相貌端严,用双手将灵鸟一招,那鸟就飞入老僧的掌中。老僧就进入石室去了。李世民觉得奇怪,也跟着进入石室,只见那和尚盘膝而坐。秦王问:"你刚才拿的那个灵鸟,给了我吧?"那僧人说道:"灵鸟知道君王此刻有难,从大士前飞来,你看见它了吗?"便从袖中取出,箭还在羽尾处,仔细一认,原来是一只白鹦鹉。那僧人取下箭,递给李世民:"箭归君王。"鸟向空中一掷,就飞走了。秦王把箭收好,知道这是个圣僧,忙问:"那我此难可能脱去了吗?"那僧人说道:"难星就在此刻,君王快躲在贫僧后面稳睡,贫僧自有办法退之。"只见那和尚口中念了几句咒语,他顶上便放出一道白光将洞门封住了。

单雄信熟悉此地,知道此谷是五虎谷,前边的洞是断魂涧,没有出路。单雄信看见燕伊飞马进来,也跟着进来,不一会便看见燕伊倒地身亡,雄信大怒,飞马进谷要为燕伊报仇。忽然听见后边一马飞奔而来,高声叫道:"单二哥不要伤害我的主人!徐懋功在此。"忙赶向前,扯住雄信衣襟说道:"单二哥别来无恙,当日我们共同辅佐李密时,朝夕相处,情谊深厚。今日见了,弟有事相商,不要伤害我家主人。"雄信说道:"昔日与君在一起,大家是兄弟;如今各事其主,就是仇敌。我发誓要杀了李世民,为我家兄报仇,以慰我先兄之灵,也要尽臣子之道。"懋功说道:"兄不记得昔日焚香发誓,我主既是你主,如今怎么如此绝情?"雄信说道:"这是国家大事,不是雄信能私自决定的。现在我不忍心伤害你,已尽兄弟之情,就不必再多费口舌了。"说完就拔佩刀割断衣襟,快马加鞭去找李世民。懋功看事情危急,忙勒马飞奔回,找其他诸将说主公有难。尉迟敬德正在洛水湾洗马,听见徐懋功叫喊,忙站起身跨上马,执鞭飞赶过去。雄信四处一望,没有看到李世民踪迹,便也跳过涧来寻找。看见树下李世民的马在嘶叫,他也下马,走到山顶。往石洞边看去,却看见一个斑斓猛虎蹲在那里。雄信一惊,心想李世民不是被虎吃掉就是掉下涧摔死了。雄信正想着,忽然看见山坡那边一员大将,面色像浑铁,声音像巨雷,大叫道:"不要伤害我主人,尉迟敬德在此。"说着跳过涧来,雄信忙举槊刺他,敬德身子一侧躲过去,一鞭打去,正打中雄信手腕,敬德将鞭放在马鞍上,顺势去夺雄信手中的槊,雄信虽然也是力气神勇,但是也不敌敬德,两人扯了四五下,雄信的槊就被敬德夺去,雄信只好逃过涧去了。

李世民在石洞里就听见一阵喊杀声,和尚合掌念道:"阿弥陀佛,灾星已过,君王可以出洞去了。"秦王起身谢道:"不知圣僧法号是什么,我回太原后,定派人前来请您回去供养。"和尚说道:"贫僧叫作唐三藏。我不需君王供养,但愿君王做一个好皇帝,我就满足了。"说完,就闭上双眼不再多说。

秦王李世民走下山,见到敬德,一块杀出重围,和秦琼等众将会合之后收兵回营了。数日之后,唐兵其他各路捷报像雪片般飞来,没有征讨的地方也都闻风赶来投降,这样王世充三分之二的土地都被秦王夺取了。

单雄信割袍断义

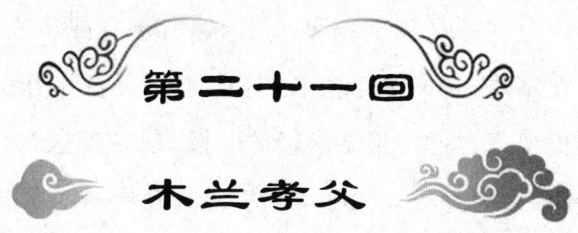

第二十一回

木兰孝父

　　自古英雄出少年，也有巾帼不让须眉之说。在隋朝动荡，群雄四起的时代，不能不提及这位流芳百世，被人们广为流传的女将军。

　　说当时在拓跋魏河北有一位叫作花弧的千夫长，字乘之，后来续娶了一位中原的妻子袁氏。当时移植了一株木兰树种在院中，培育了很多年却未曾开过一朵花，谁料在他的女儿降生的那一年，枝繁叶茂，花团锦簇，都觉得特别惊讶，于是便为这女儿取名叫作木兰。后来又生下一女一男，女儿名叫又兰，儿子叫作天郎。木兰比妹妹又兰大了四岁，生来眉清目秀，但声音却很洪亮，和别的女孩子差别很大。当时花乘之还没有儿子，便将木兰当作儿子来养，教她诸般武艺，骑马射箭。到了木兰十来岁的时候，竟不像其他人家的女孩子，去拈针弄线，学习女红，却偏偏喜欢读书，钻研兵法，舞枪弄棒。不知不觉木兰已经十七岁了，长得好像一个男子一样。平日里经常带着弓箭骑马到旷野去玩耍。父母要给她说一门亲事，木兰总是不同意，无奈只好每天任她到处游荡。

　　那时候正赶上突厥在招募新兵，一天花乘之从外面回来对妻子说道:"可汗正在招募兵丁,恐怕要有战事发生,我本来就身在军籍,是一名千夫长,这次恐怕要从军作战去了。"妻子袁氏说道:"你又不是年轻的时候,现在都这么大的年纪了,骑马拿兵刃都很吃力了,还怎么上战场杀敌啊!"花乘之叹气道:"天郎还小,我又没有大一点的儿子可以顶替我,不得不去呀!"袁氏说道:"不如我们凑几两银子交给官差,或许还可以免了这差事。"花乘之说道:"如果都是这样用了银子而不去军队,那么兵丁从哪里来呢?再说了,我们也没有地方可以弄到银子呀。"袁氏哭道:"先不说你年纪这么大了还可不可以去战场冲锋陷阵,就是你走后这家中的一家老小怎么活啊?"花乘之无奈地说道:"等到那个时候再说吧。"过了没几天,催促花乘之去军队报到的军令好像雪片一样地送来了。花乘之没有办法,只好随众人去报到了。谁知道忽然出现紧急军情,当日便发了行军粮食,要求在三日内便要启程,弄得花乘之一家人寝食难安,担忧万分。花木兰非常担心父亲的身体,她看在眼里,急在心上。心中想道:"当年战国时候吴国和越国交战,孙武曾经操练过女兵的,很显然,女子原来也是可以去当兵的。我曾经看到史书上面的插图上有绣旗的女将军,而且隋朝初年就有一位锦伞夫人,书上都说她杀敌无数,血战沙场,立下了赫赫战功。难道这些女子都是没有父母的?估计当时应该也是战事所迫,勉强自己入伍,却因为战功显赫,名垂青史。而今我父亲年事已高,我没有哥哥,下面还有年幼的弟弟妹妹,父亲要是上战场,家里面就没有可以依靠的人了。假如战死沙场,骸骨便没有人能够运回故乡。还不如我扮作男子,替他老人家去战场。只要自己乖巧一些,平日里多加小心就一定不会露出马脚的。说不准一两年内还可以回归故乡,报答父母的养育之恩,岂不是更好?但是不知道自己改成男子的装束会是个什么模样。"

花木兰回到房中,找到了自己父亲的盔甲行头,自己穿戴起来,幸好自己的脚不像其他女子那样小小的,便在靴子里面裹了些布,穿起来还不错的,走起路来一点女子的婀娜之态都没有了。于是走到院子中央的水缸面前,对着自己的影子感叹道:"看这样子,莫说是一个千夫长,就说是一名将军也不过分啊。"正当花木兰在那里欣赏的时候,不想母亲走了过来,看到她这个样子不禁吓了一跳,说道:"你这丫头,不好好地待着,怎么穿上你父亲的军服了,打扮成这个模样?"花乘之听见也走过来看了,笑着说道:"你这是要做什么?"木兰说道:"父亲,木兰现在这样的打扮能不能去服兵役了?"花乘之笑道:"这个模样,怎么去不得?昨天点名时候有三千几百名军丁,没有一个有我儿这样的相貌和身躯的,真是可惜了!"话没有说完,自己便流下了几滴老泪。木兰看见,也忍不住流下泪来,问道:"父亲可惜什么呀?"花乘之说道:"只可惜了你是个女儿身,若是个男儿,做爹妈的还有什么可发愁的呢?还想要你去创立一番功业,光宗耀祖呢!"木兰说道:"父亲、母亲不要发愁,我已经决心代替父亲去从军。"花乘之苦笑道:"你一个女儿家,说什么疯话,还要去替我从军?"木兰说道:"听人说从古至今,兵荒马乱的时候,有多少夫人或是公主为了保全自己,女扮男装,没有人识破。孩儿我只要自己小心谨慎，一定不会有人看出破绽的。"袁氏搂着木兰哭道："我的儿啊，可千万使不得，哪里听说有谁家未出门的黄花姑娘到千军万马中去的？"木兰说道："父亲、母亲大人不要固执了，拼了我一人，不但可以使您二老安身，还可以保全弟弟妹妹，难道忠臣孝子只有男子可以做得来吗？有志者事竟成，我此去一定要胜过那些脓包男子。您二老就放心让我去吧，不要啼哭了，只要你们不说，在军队中一定不会有人知道我是个女孩子的。"两人见她执意要去，也拿她没有办法。

第二天，东方刚刚发白，就听见外面的叩门声，有人高声喊道："花老大，跟我们一起去吧。"花乘之将门打开，是三四个同队的兵丁，正要开口，只见女儿木兰一身男装，抢着出来："我老父亲年事已高，还是我顶替他去吧。"那些人看见后笑道："花老大，我们怎么都不知道你有个这么大的儿子呢，真是一条好汉！"花乘之见这样，也不好说别的话，只得含泪称是。这些人说道："有这样的好儿子，正应该替你老人家当差，让他到沙场上一刀一枪地博取功名回来，到时候你们一家子就荣耀了。"木兰将父亲拉进门去，向父母拜了拜说道："父母大人保重身体，只管照顾好弟弟妹妹，我去了。"说完背了行囊，手持长枪，头也不回地向父母摆摆手，和其他人一起出门而去了。

花木兰到军中以后因为相貌魁梧，做人伶俐，很快就被提升为后队的一名马军头领。一日，可汗率兵与夏王窦建德手下大将范愿不期而遇，兵马被杀散，自己被困在中央，正在危急的时候，花木兰带领后队赶来，身先士卒地冲入阵中，救出了可汗。在乘胜追击逃敌的时候被窦建德的女儿窦线娘率领的女兵砍伤坐骑,木兰被颠翻在地,让夏兵的挠钩和套索拖住,捉到营中。那些女兵将花木兰带到大营中,线娘一看木兰问道:"你这个白脸汉子,长得倒是相貌堂堂,一看就不是一个普通的兵卒,你若是肯归降我朝,我提拔你做一名将官。"花木兰说道:"即便是要投降于你,我也得先回家安顿好我的父母,再回来替你效力。"线娘怒道:"你要肯投降就投降,不投降就拉出去砍了,何必那么多的废话!"木兰说道:"就是降你,我也不认为是什么耻辱;你就是砍了我,我也是个女子,你也没有什么荣耀可言。"线娘惊讶道:"莫非你也是个女子?"花木兰便将自己代父从军的来龙去脉一一和线娘道来,回想起自己的经历,木兰也禁不住泪流满面。线娘见这般情景,心中很是同情,也暗自佩服她是一名孝女子,自己也想不到北方这种蛮夷之地也会生出这样孝顺的女子,还做出这样令人佩服的事情来,自己也是甘拜下风。于是请过来以宾客的礼节相见。线娘感叹道:"功名和爵位容易得到,这样孝顺的女子确实难能可贵,我现在缺少一个闺中密友,希望能够和你结为姐妹,今后一起荣辱与共,不知你意下如何?"木兰说道:"公主乃是金枝玉叶,我只不过是穷苦百姓家的孩子,今天承蒙公主宽赦已经很是感激不尽了,哪里还有这种奢求。"线娘说道:"我意已决,你就不要太谦虚了。"木兰只好答应,两人互相报了年龄,线娘比木兰大了三岁,为姐姐。两人对天拜了四拜,又对地拜了四拜。从此两人结为姐妹,一同为夏王窦建德征战沙场。

　　直到窦建德被秦王李世民战败，秦王感叹两位旷世奇女子的所作所为，不仅没有治罪，反而对两人封赏有加，对花木兰赏赐金银绸缎，并派人护送她回到故乡为父母养老送终。从此木兰代父从军的故事也就一直流传下来。

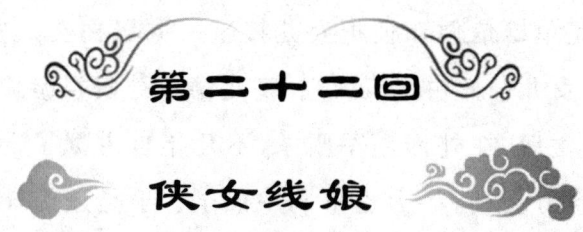

第二十二回

侠女线娘

　　历朝历代，都不乏有些个奇女子的事迹流传下来，这隋朝末年，不仅有替父从军的花木兰，更有愿为父亲刀枪加身的窦线娘。

　　窦建德，家住在贝州，生性豪爽，不喜欢务农生产，虽然双亲早早过世，但也存了几千两银子可以糊口。窦建德夫妇二人只生有一女，名叫线娘，她十二岁的时候母亲去世，只剩下父女两人，线娘色艺双绝，从小就喜欢读兵书，精通剑术，窦建德待她如同掌上明珠。没想到朝廷要选秀女，地方官知道她没有许人家，便将其报上，线娘知道后，立即变卖了部分家产，凑了一二百两银子，想疏通一下，但是州官和朝廷派来的太监坚决不同意。于是线娘将家中田产货物全部变卖，召集了很多亡命之徒，要和官府对峙起来，幸亏家中的嫂子和侄子及时地制止了她。窦建德得到消息后也急忙赶了回去，即便如此还是耗费了上千两银子才免遭官府追究。为了安身保命，窦建德便带着女儿和寡居的嫂子离开家乡，到朋友家暂时躲避起来。

　　后来窦建德和单雄信相识，两人惺惺相惜，很是合得来,于是单雄信便让他把女儿接来一同居住在二贤庄,和自己的女儿一样,视如己出。窦建德被孙安祖游说出去建功立业之后,在外面领军厮杀,不几年也占据了七八处郡县,十余万兵马,势力也不同一般了。于是送信让单雄信将留在二贤庄的女儿窦线娘接到身边。这窦线娘对行军打仗也毫不外行,到兵营中便训练出了一队女兵,个个一手执着盾牌,一手执着砍刀,见了马兵,就地一滚,如落叶翻飞,花阶蝶舞,战场上对付骑兵无往不胜,跟着父亲窦建德征战沙场。

一日窦线娘在外带兵,清晨众将士刚刚用完了早饭,正要拔寨启程,只看见四五匹马飞奔而来,报信的士兵下马到帐前对窦线娘禀报:"千岁爷有令,让小将来请公主速速回国,因为王世充被唐兵杀败,让人来我家求救,千岁想要亲自带兵去救援,所以让我赶快来给公主报信。"线娘说道:"我知道了。"便叫手下女兵改为前队,范愿做了后队,急急忙忙地往回赶。原来这王世充的郑国和窦建德的夏国相邻,但是窦建德与唐朝约定互不侵犯,所以一直双方也相安无事,但是唐兵却攻打郑国,并接连攻下王世充的几个重要的县郡,李世民还派兵对其进行了围困,王世充无奈,便派心腹之人长孙安世来夏国求救。这长孙安世携带了大量的金银珠宝贿赂了许多夏国的大将,让他们帮忙劝说窦建德出兵相救,结果窦建德经不起这一帮将军的豪言壮语和此举能够成就大业的诱惑,不顾与唐朝的盟约,决定亲自率兵解救王世充。于是便让人通知公主窦线娘回来,让她和曹皇后以及祭酒凌敬守城,自己则率领十五万大军,让曹旦为先锋,刘黑闼为行军总管,自己和孙安祖为后队,浩浩荡荡赶去解救王世充了。窦建德听从了那些受过贿赂的大将的建议,不顾自己的军队长途跋涉,放弃了迂回解救的良策,结果被李世民和徐懋功以逸待劳,杀了个片甲不留,手下大将范愿、刘黑闼被杀,自己也是受伤被俘。窦线娘只好和结拜姐妹花木兰逃出宫去,曹皇后和凌敬却自缢身亡,来表示对夏王窦建德的忠心。

对于如何处置窦建德,秦王和属下颇有争议,秦王说道:"窦建德是个了得的汉子,好似猛虎,放了他容易,要想再捉住他可就太难了。今邀九庙之灵,一朝为我擒获,倘若今天赦免了他,将来要是再起兵作乱怎么办呢?"徐懋功道:"窦建德也是草泽英雄,有众兵二十万,败亡至此,哪一个还敢前来与我们作战?放去正使他传殿下恩威,山东河北,可不战自胜了。"那天唐帝李渊正要派人去大牢里提出窦建德来见驾,只见黄门官前来奏道:"有两个女子,身上被绳索捆绑,口里叼着刀,跪在朝门外,要进来求陛下接见。"唐帝听说后很是惊讶,于是让人宣进来。不一会儿,只见两个女子,身上捆着绳索,口中衔着明晃晃的利刃,跪在堂下。唐帝一看,两人虽然不是什么绝色美女,但也都有一种英秀之气,光彩照人。唐帝便有了几分怜悯之心,于是让侍卫除去两人口中的刀,扶到殿上来。唐帝问道:"你这两名女子,是何处人氏?这个样子来见朕有什么事情啊?"窦线娘说道:"臣妾窦氏,乃是叛臣窦建德之女。因为臣妾的父亲建德触犯天条,好像难以得到宽恕了,臣妾愿意代替父亲受刑,所以冒死觐见皇上。"唐帝说道:"窦建德难道没有儿子么,竟然要你这个女儿家来替他受刑?"线娘说道:"忠臣良将都已经为国捐躯了,父亲只有我这一个女儿。况且王世充篡位弑君,皇上还赦免了他。臣妾的父亲虽然占据夏国自守,然而当年曾经讨伐宇文化及,率先开始反抗隋炀帝,在黎阳驻军的时候还曾将同安公主送还,这些功劳,相信王世充是不能及的。如果皇恩浩荡,批准臣妾的奏请,赦免我的父亲,由臣妾来代替他,臣妾虽死犹生。"唐帝问道:"你说窦建德只生你一人,那另一个是你何人?"窦线娘还没来得及开口,木兰便说道:"臣妾花木兰,乃是河北花弧之女。"于是将自己如何代父从军,一直到与窦线娘结义一段说来给唐帝听了,唐帝听完后感慨地说道:"真是少有的两个孝顺女子啊!"这时候窦建德已经被押解到朝中,唐帝叫上来说道:"你助纣为虐,本应该斩首。今天因为你的女儿甘愿替你顶罪,朕体谅上天的好生之德,怎么忍心再杀害你呢!"于是让侍卫除去了窦建德的锁链,又对他说道:"朕今天就赦免了你。只是你也是一个雄霸一方的豪杰,若是朕赐给你爵位,你岂肯屈居人下。朕若是将你贬为庶民,你怎么能够忘掉这锦绣河山,他日免不了还要有什么妄想。"建德叩首说道:"臣承蒙陛下法外施恩,饶臣不死,哪里还敢有其他的想法呢?臣自从被俘之后,名利之念早就冰雪消融,臣今天能够万幸逃脱一死,情愿剃度上山修行,来报答皇上的恩情,而不再贪恋尘世之事了。"唐帝听完非常高兴："你肯剃度出家,实在难得,朕就替你找一个师傅吧,让你到他门下,只是恐怕你心不真诚。"窦建德感叹道："臣听说过,放下屠刀,六根清净。看看眼前的孽镜,都是雨后空花,还有什么不真的!"唐帝说道："你既然如此坚定,朕就替你改名巨德,让礼部结赐度牒,工部颁发衣帽,就在殿前替你剃度了吧。"皇后听说窦建德一心向道,十分欢喜,便让两名孝女进宫一见。窦皇后见了两人,喜欢得很,忙让侍女把两套衣服赐给她们穿好,并给她们赐座,问他们年龄。当听木兰说窦线娘已经许配给幽州总管罗艺之子罗成后非常高兴,说道："罗艺归唐后屡建奇功,圣上已经封他为燕郡王,赐了国姓,镇守幽州。他的儿子也是英雄了得,你若是嫁给了他,终身也就有依靠了。既然你我同姓,我就把你认作侄女了。"线娘也不敢推辞,只好跪下谢恩。

窦建德落完发换了僧装,身披着锦绣袈裟,正要向唐帝辞别,唐帝对建德说道："你如今放心了。"只见女儿和木兰换了服装出来,后面跟了好多的侍女,扛着彩缎金银,来到了殿上。内监放下礼物,宣布了皇后的懿旨,两位孝女又向唐帝谢恩。唐帝又对窦建德说道："今天你的女儿许配给罗艺的儿子,又被娘娘认作侄女,孝女得到这样的好女婿,你也可以免除后顾之忧了。"窦建德谢恩出朝后对线娘说道："你既然许配给罗成,又受到娘娘的恩宠,做了她的侄女,以后终身就有依靠了。从今以后你做你的事,我做我的事,不必再想念我了。"线娘要求送窦建德到山中去,可是内监说："咱们是奉了娘娘的懿旨，送公主到乐寿去，这个和尚自会有人奉陪的，公主就不要费心了。"线娘无奈，只好和他一同出了长安，大哭了一场，分路而行。

　　后来窦线娘嫁给了罗成，夫妻二人为大唐朝征战沙场，立下了汗马功劳。

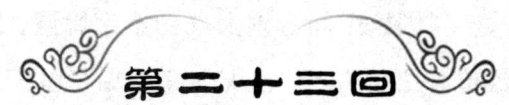

　　自古英雄爱英雄，结成儿女亲家更是常有的事。秦琼和单雄信乃是生死之交，秦琼的儿子秦怀玉和单雄信的女儿单爱莲于是便有婚约在身。却因为单雄信被秦王处死，故而推迟了婚礼，后来唐帝李渊钦赐两人完婚，让两人婚礼满月后再举行父亲的葬礼。于是两人奉旨完婚。

　　不知不觉，两人完婚满月，便辞别了祖父母起身准备单雄信的葬礼，秦琼派遣了四名家将，带了四五十名士兵一路护送。此时的秦怀玉，因为父亲秦琼的功劳，自己已经被唐王提升为殿前护卫右千牛之职，当时很多官兵都过来送行，秦怀玉一一告别，簇拥着单雄信的棺木车辆出发了。过了没有几天，已经离开了长安城，天将傍晚，于是赶忙加快脚步。正在一边赶路一边寻找住宿的地方，突然看见前面有七八个大汉，都是白布短衣，上面白色罗帕缠头，看到他们过来，便上前打听："请问，二贤庄的单员外的丧车可曾到这里了？"排头的家将告诉他就在后面了，这几个大汉一听，飞奔而去了。这几个家将恐怕是坏人，赶忙调转马头，追赶这几个大汉。大约一里多路，看见远处烟尘滚滚，一队车马排头，两面捧着

奉旨赐葬的金字牌匾,中间一副大红的金字牌匾,上面写着:
"故将军雄信单公之枢"。那七八个好汉见状喊道:"终于来
了。"一齐趴到地下,齐声大哭起来。本来这些家将还很警
惕,唯恐是坏人,现在看到这些人都跪下了,便知道不是歹
人,秦怀玉赶忙下马还礼。单夫人听见有人哭,推开轿门,仔
细辨认,其中有一人认识,姓赵,名叫莽男儿,当初杀了人,多
亏了雄信将他藏在家中,又花费了好多银两才使他免除了一
场灾祸。其他人虽然都不认得,但是估计也是当年受过雄信
恩惠的,单夫人顿时伤感不已,大哭起来。

这些个好汉哭了一阵子,磕了几个响头,站起来问道:
"哪一位是单员外家的姑爷秦小将军?"秦怀玉告诉他们自己
就是,这些个大汉围着他又是一顿夸赞。当得知单雄信的妻
子在后车时,这几个好汉又一起到车前,没等单夫人下车便
七上八下地磕起头来,单夫人赶忙下车还礼。众人起来说
道:"二嫂,我们听说二哥被处死,众兄弟都十分挂念,只是不
好过来问候,现在您老人家不用担心了,招了这么个好女婿,
终身有依靠了。"单夫人含泪说道:"先夫不幸,让各位费心
了。"众人说道:"天色已晚,前面贾兄已经在店里等候多时
了,我们还是尽快赶到店中吧。"原来贾润甫知道单雄信的灵
枢要被送回来,便拉了十几个弟兄在关大刀店中等候。这些
人说完便赶开了护兵,推着丧车,如飞般地往前走了。到店
中自然还是少不了一番哭拜,单夫人和秦怀玉一一答谢,关
大刀便和众人一起将丧车推到了一间空屋子里面。原来店
里面住的都是单雄信当年的朋友,还在堂中正南供奉着单雄

信的灵位。在关大刀的带领下,一帮好友都叩拜下去,秦怀玉只好频频还礼。礼毕后诸位英雄对座入席,开怀畅饮,一屋子的人,觥筹交错,都诉说当年和雄信相交时的旧情。有人说到得意的时候,端着酒杯到堂下狂歌起舞;有的说到伤心之处,便起身离席,到雄信的灵位前捶胸顿足地痛哭起来。只听见那莽男儿说道:"秦姑爷,我记得有一年九月,您的祖母六十岁大寿,当时您的岳父大人让人传绿林号箭给我们,当时我们都是做无本的买卖,钱财不像现在这样来的干净本分,觉得无法和众人一起到堂上拜寿。"手指着旁边的人说,"只好和这三位兄弟凑了五六百两银子,悄悄地来到了齐州,白天也不敢到府上去拜访,一直等到二更时候,从您家的后门跳进去,将银子放在了蒲包里面,扔在内院。我想这件事令尊大人应该和您说过的。"秦怀玉点头说道:"家母曾经对我说起的。"几个人正说得高兴,忽然听见外面"彭彭"的叩门声,开门一看原来是单家的管家单全,原来当年雄信遇难后单全想回到乡里,秦琼、徐懋功也拦不住,只好任他回到二贤庄。单雄信平日为人非常好,方圆数十里没有人不服他的,平日里这些房屋和田地都有人帮忙在经管,等到单全回来,全部交还给了他。单全也是毫无私心,各项的收支都记录在册。最近听说夫人和姑爷要护送员外的灵枢回来,便连夜兼程地赶来,一路打听到这里来了。单全对着雄信的灵位拜了四拜,又拜见了夫人和姑爷秦怀玉。互问了一些情况,单全提到,王世充在定州纠结了邴元真又生叛乱,用计杀害了罗士信,攻占了三四座城池。贾润甫说道:"这个奸贼,当初我家魏公与伯当兄被他用计害死,单二哥也是因为他的连累而遇害。几个好好的兄弟被他弄得七零八落,两世为人,现在又杀害了士信兄弟,他日让我碰见了一定要亲手杀了他,也难消除我心中的仇恨。"

秦怀玉一听罗士信被杀,咬牙含泪道:"士信叔叔和父亲就像亲兄弟,我也和他相聚了好多年,今天却惨遭杀害,若是家父知道了一定会请求发兵来剿灭他,来给罗叔叔报仇的。"单全说道:"昨夜我在七星岗过夜,三更时分梦见了我家老爷,叫着我的名字说道:'我先走了,可恨这王世充,杀害我的义弟,我知道这个贼人的气数已经尽了,你去叫姑爷灭了他,也立场功劳。'"关大刀说道:"我们众兄弟同去除了这个奸人贼子,替罗家兄弟报仇雪恨怎么样?"众人都表示赞同。于是贾润甫将自己的计策和众人说了,安排好店内的人员和事务。五更时分,关大刀和众好汉出门而去,贾润甫和秦怀玉率领家将也悄悄出门而去了。

关大刀和莽男儿十几个人一同走了两三天,将要到解州地方遇到了王世充,被其将官询问,这些好汉回答道:"是为了要扶单雄信的灵柩回家的。"王世充问道:"你们要将单将军的灵柩扶到哪里?"众人回答去二贤庄,那郉元真在旁边说道:"恐怕是奸细。"于是让人搜身,看到众人脸色毫无变化,没有丝毫的慌乱,便不再有疑虑。王世充问道:"你们都是行伍出身,为什么不投奔唐朝图个前程呢?"众人回答道:"唐朝当年都不肯宽赦我家主人,现在我们怎么能够背弃他而投奔唐朝呢?"王世充说道:"你们既然曾经是我家的兵卒,我这里现在也少人，不如就在我帐下效力吧，当初你们是步兵还是骑兵？"众人都说是骑兵，王世充便吩咐手下将这些人记名编队，分发了马匹、铠甲和兵器。那贾润甫和秦怀玉与家将一行人，在后面慢慢地行进，将要到解州时，便在城外的一个关帝庙内住下，命令一个伶俐的小兵装成乞丐去打听消息。不到两天，打探消息的人回来报告说："那些好汉都取得了王世充的信任，已经被收编到了骑兵队伍当中。今天他们将要进驻解州，现在驻扎在猫儿村，刚才听到军中一阵大乱，听军营里面有人高声喊道有贼，不知道发生了什么事情，所以我就赶快回来报告了。"贾润甫听到这儿，高兴地说道："如此看来兄弟们已经得手了，我们赶快备马去迎接。"秦怀玉便率领家将，骑马出迎。没有走多远便看见前面几个白衣人，由莽男儿带头，提着两颗头颅飞奔而来。众人赶忙迎上去，贾润甫让人将首级挑在枪杆上，同莽男儿回去接应其他人，看见众好汉在山前和王家的追兵在厮杀。那莽男儿边跑边喊："我家大唐的兵马来了。"未到近前，秦怀玉扯满弓，一连射死两三个敌军将士。贾润甫喊道："王世充和邴元真两个逆贼的头颅在此，你们何苦还要过来送死呢！"王家兵将见主将都死了，便败了下去。秦怀玉和众人追了几里路，这些兵都放弃了辎重，各自逃生去了。贾润甫让人将这些个缴获的物资装了几车，又对逃兵追杀了三四十里路才回来。原来这帮兄弟趁着王世充和邴元真酒醉熟睡的时候，偷偷地潜入进去，割下了两人的首级。

秦怀玉将单雄信的灵柩扶回到二贤庄，督促手下造完了坟墓，选择了吉日，将其下葬。他见管家单全忠心爱主，就劝说了单老妇人将其认作养子，来延续单家的血脉，并将二贤庄的田地和产业全部交给了单全收管。自己则带着单夫人和妻子爱莲，带领众家将，携带了王世充和邴元真的首级，赶回长安，唐朝皇帝自然又是一番犒赏。

真是虎父无犬子，秦怀玉小小年纪便能带领众人在军中取得叛贼首级，报得家仇国恨，不愧是将门之后。

小将秦怀玉初建功

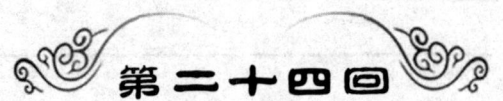

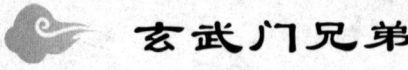

　　秦王李世民东征西讨为唐帝夺取江山，同时自己的功名声望也日渐高重，因此引来了李建成和李元吉的嫉妒。他二人勾结了后宫的张、尹两个妃子一起合谋打算要暗害李世民。李世民无意中知道他们勾结在一起，但是没想过要害自己，只以为他们这么做是犯了欺君之罪，乱了伦常，世民念大家是兄弟，并未直接上报给唐帝李渊，只是在她们的宫门挂了个玉带给他们警示。不料却被唐帝误信谗言，反让李纲去问李世民，幸好李纲也是正直之人，唐帝也宽宏大度，此事便清淡过去了，秦王也不再提。可是李建成和李元吉却没有放弃陷害世民的想法，反而更加急着要除掉他了。

　　张、尹二妃听说平阳公主要会葬，宗亲大臣都要去护送，便透消息给建成、元吉出去，要他二人商量伺机行事。建成、元吉也是丧心病狂之人，便利用起此次机会准备对世民下手。送了平阳公主入葬之后，两人便在途中普救禅院等候，假意殷勤，兄弟几个聚在一处，就急忙摆下宴席。秦王是个豁达之人，以为他二人已经警醒了，毫不介意，谁知李建成和李元吉竟拿了毒酒来劝他喝。李世民刚饮了半杯，突然只见梁间乳燕呢喃,飞鸣而过,把一些污秽之物掉进世民的杯中,还弄脏了世民的袍服,秦王起身更衣,便觉心疼腹痛,急忙回府,结果腹泻了一整晚,还呕了很多血,差点性命不保了。他手下的众将臣听说了都来问安,都劝他早点除去建成、元吉二王。

　　其实唐帝宫中,也有秦王世民的心腹之人,把世民被毒酒暗害的事与唐帝李渊说了。李渊吃了一惊,心想唐朝的江山都是秦王李世民的功劳,便急忙到西府去探望世民。李渊拉着世民的手长叹道:"从当年建立大唐到削平海内各势力统一江山都是你的功劳。本来当初我就想立你为太子,可是你坚决推辞。现在建成做太子很久了,我也不忍心再夺了他的太子之位。现在你们兄弟不相容,如果同在京城,定会再有争战,我派你到洛阳,陕东各地都由你来掌管,你还可以挂天子的旌旗。"秦王世民也流着泪说道:"父子相依,我怎能远离膝下?"唐帝说道:"天下一家,我若想你就去看你,为何要感到悲哀呢?"说完,唐帝上车回宫了。

　　秦王家的眷属们听了都很欢喜,以为从此可以脱离火坑了。建成知道了,以为可以除了这根刺,可以不用再烦忧了,连忙去报给元吉知道。元吉听了却说道:"秦王功劳卓越,又有勇有谋,府中有文臣武将,只要有举动一定会一呼百应;现在他若去洛阳,建天子的旗号,妄自尊大起来,土地多,粮饷足,如果图谋不轨,不要说大哥你即位,即使父皇在也得拱手让给他。"建成说道:"弟说得甚是。那么现在我们该怎么办呢?"元吉说道:"我和大哥立刻到内宫去,要她们日夜跟父皇说把世民留在长安,然后我们再想办法定罪给他,岂不容易?"建成听了,连声称好。

那时天气炎热,一天秦王早早地在院子里欣赏兰花,只见杜如晦和长孙无忌进来了。秦王惊问道:"二位卿家有什么事,赶着这么热的天气过来呢?"杜如晦还没开口,长孙无忌皱着眉头说道:"殿下可知道太子正在图谋不轨呢?"秦王说:"何以见得?"杜如晦说:"太子宫中招了二三十个亡命之徒,在府中供养;和州刺史月初也送给东宫太子二十余人;昨夜又有三四十个人,说是关外人,要去东宫的。殿下不掌管禁兵,也不习武征兵,他要这些人何用呢?"秦王还未答话,见程咬金和尉迟敬德一块也进来了。程咬金摇着一把扇子说道:"天气炎热,人情也急迫,都已经祸及柴门了,殿下还在这里安然不动呢!"秦王说道:"刚才如晦也在这议论此事。我也知道祸在旦夕,只是骨肉相残,如此大恶之事,我怎能先动手呢?"敬德说道:"殿下之言恐怕也不全对。殿下还该为江山社稷想想。"秦王听了说道:"既然这么说,长孙无忌和杜如晦到李靖那里去一次,看他怎么说。"二人不敢耽搁,都是书生打扮,连夜到安州去见药师李靖。见到药师后,杜如晦便忙把朝里的事细细讲给李靖听了。药师听后说道:"军国大事,我们外廷之臣不好参与议论。至于家庭之事,秦王功盖天下,将来的富贵不可估量,现在这点小事他自然能自己权衡,何必要问我这个外臣呢? 请二位婉言回复。"无忌、如晦二人再三恳求,李靖只是笑着谢罪而已。如晦没办法,只得住一晚,到了五更,担心朝中有变,留一字条就和无忌悄悄出门了。

回到长安，如晦将李靖的话告诉秦王。秦王说道："张公谨龟卜如神，我正托敬德去找他，想此刻该到了。"正说着，张公谨到了。秦王将建成、元吉淫乱宫中之事说了一遍，又讲了众臣打算清除他们，并指着香案上灵龟，要他卜一下。张公谨听了大笑："此事没有疑问，为什么还要龟卜呢？太子淫乱宫廷，成何体统！此事外臣都知道了，早该清除！"秦王说道："既然如此，我心意已决。明日早朝时，就率兵去问他二人的罪。"秦王便表奏唐帝说明了建成、元吉淫乱宫闱之事，李渊看了大惊，回批说要明日问他二人，说秦王该早点参奏的。秦王便开始打点明日行事。张、尹二妃听说了表奏一事，忙派人告诉建成、元吉。元吉想称病不上朝，建成说："我们也准备好兵马了，怕他什么，明早与他当面对质。"

第二天四更时候，秦王内穿盔甲外面穿袍服，尉迟敬德、长孙无忌、杜如晦都是一样内甲外袍，带了兵器，将要出门。秦王说道："且慢，应该有个信符。"于是命人放了两个炮，只听见四下里，就有三四个照应放起来，走过三条街，远远看见一队人马，走近一看是程咬金、尤俊达等人；斜刺里又出一队，原来是白显道、史大奈一行人。众人静悄悄在朝门前集合，只见小兵来报，说东府太子那边也有四五百人来了。秦王执剑就要向前迎，敬德说道："不须主公动手。"便带十几个骑兵前去，太子建成那些人根本不是他的对手，都被纷纷打下马。秦王骑马赶上建成，建成连发三箭都没有射中世民，世民也发一箭，正中建成后心，他翻身落马，长孙无忌一刀将他斩了；元吉骑了马往后跑，秦王在后追赶，只听见一声炮响，出来一个小将军，大喝："逆贼到哪里去!"一枪将李元吉刺下马，秦王赶上前将他斩了。秦王看那小将，却是秦怀玉。秦王问他："你父亲秦琼又不在家，你怎知道我要行事?"怀玉说："昨夜程咬金伯伯跟我说的。"秦王听了掉转马头对敬德说："已将二人杀了。"秦王让敬德带着士兵去见唐帝，说："太子与齐王元吉作乱，秦王怕惊动陛下，特派兵前来保护。"唐帝李渊问："英、齐二王现在还在吗?"敬德说："都被秦王杀了。"唐帝拍案大哭对裴寂等人说："没想到今日会发生这样的事。"裴寂等人说："英、齐二王本来就图谋不轨，又对天下没有什么功劳，嫉妒秦王功高望重，现在秦王将他们诛杀，陛下也不必悲伤，秦王功高，可以将国事托付给他，不用再多虑了。"唐帝说："这也是我的本意。"

玄武门处秦王兵正与东宫太子的兵厮杀，裴寂来宣布唐帝诏书，只定太子建成与齐王元吉之罪，其他余党都不过问，于是两方也不再继续厮杀了。唐帝还下诏立秦王为太子，委以军国大事，无论事与大小都交给太子处理。

玄武门兄弟相残固然悲惨，但是从此也展开了唐太宗李世民贞观之治的序幕。

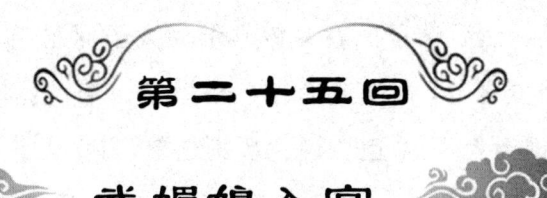

第二十五回

武媚娘入宫

　　唐太宗李世民本是个不留情于色欲之中的英雄豪杰一样的皇帝。但是长孙皇后去世后,就选了武媚娘进宫。媚娘艳丽无比,李世民也对她色宠倾城,整日欢爱无比。

　　媚娘的父亲也曾经任都督之职,但是因为木性恬淡,鄙视仕途的生活便弃官回家。他的妻子张氏,也是非常贤惠的人,可是年过四十,并无一子。于是她替媚娘父亲娶了邻家女张氏为妾。大概一个月左右,张氏睡着了,觉得身上很重,用手一推,把自己推醒,从此便有了身孕。过了十月,即将分娩,张氏却梦见李密特来拜访,她以为这个孩子定是个儿子,生下来看时却是个女儿。张氏因为生产时犯了怯症,随即就身亡去世了。媚娘父母亲对她是万般爱护。到了七岁,就请先生教她读书。先生见她面貌端丽,就为她取名媚娘。媚娘到了十二三岁,就更加美艳异常了。又过了一年,就被选入宫中,封为才人。媚娘性格聪敏,各种音乐,一学就会;她也敢作敢为,在太宗李世民面前就像对待家中的知己一样,李世民也因此对她十分宠爱。

　　当时的太子因为要谋反,却被李世民提早知道了,将他废为百姓。然后李世民就为该立谁为太子而犯难。魏王泰一直有夺位之心,而晋王治却性格温顺。李世民问当朝群臣,该立谁为太子,众臣皆说:"晋王仁孝,当立太子。"于是太宗便立晋王治为太子,那年李治才十六岁。那年九月,秦琼母亲九十寿诞,太宗亲自去祝贺。他见秦琼的家宅没有大堂,便命人用自己小殿的材料来构建,并要五日内做成,他亲自手写"仁寿堂"赐之,又赏赐许多的绫罗绸缎等。秦琼深表谢意,太宗说他是为太上皇报德,叫他不必多谢。

那时总是在白天看见太白星,太史令占卜说这是女性将要主事的迹象。民间又秘传说:"唐三世之后,女主武王代有天下。"说的就是唐朝经过三代之后,便有女性和武有关的人拥有天下了。太宗听了,非常厌恶这样的传言。从此心里就有了疙瘩。一日,他在宫中设宴,请群臣行酒令说出自己的小名。左武卫将军李君羡说自己的小名是"五娘",他的官名中也有个"武"字,太宗便把他诛杀了。太宗又秘密地问太史令李淳风:"民间的秘传可信吗?"李淳风回答道:"上天的安排不能违抗的,真正能称王的是杀不死的,只能白白杀害一些无辜人罢了。"太宗听了就不再多说,心中虽然晓得媚娘姓武,但是看到媚娘性格柔顺,他心中如有什么烦恼,看见媚娘就好了,所以此刻也不忍心下手,就把这事放在心里。

媚娘也知道大家的议论,但是却没有什么对策。日复一日,太宗因为色欲太深,生病了,那时太子早晚都去看望伺候,看见武媚娘果然姿色艳丽,心中便想和她亲近,于是就对她开始眉目传情。媚娘心中也有领会。一天,晋王李治在宫中,媚娘拿了金盆盛水给晋王洗手,晋王李治看她面容娇艳,就将水洒在媚娘脸上调戏她,媚娘也不拒绝。但对太子说道:"陛下知道了,这不是小罪。"李治笑着说道:"这是天赐的缘分,别人怎会知道呢?"媚娘便拉住太子李治的衣服哭着说道:"如有一天太子即位,我会在什么位置呢?"晋王听了便起誓说道:"我若成为皇帝,就封你为皇后。"武媚娘连忙叩谢,又说道:"当今太宗皇帝要加罪于妾身,我该怎么办呢?"晋王想了想,道:"有了,倘若父皇逼问你,你就如此说就可以免罪脱身,然后就静静等待我就好了。"媚娘点头,晋王给她留了信物,媚娘收了,两人分别了。

那年京中开试,放榜的日期未定,太宗还在病中,召见李淳风问道:"今年开科取士,不知道状元是何处人,你肯定知道的。"李淳风说:"臣昨夜梦见天榜已放,臣看见榜首彩旗上有一首诗。"太宗问:"诗句怎样说?"李淳风便把诗句背出,太宗不解其中的意思,便问淳风三甲都是什么姓名。李淳风不肯直说,将他们写成纸条封在盒中,请太宗等到放榜之日再取来看。到了开榜时,太宗取出来看,李淳风写状元狄仁杰,山西太原人;榜眼骆宾王,浙江义乌人;探花是李日知。太宗惊诧万分,李淳风的预测分毫不差。他便开始相信李淳风以前说的话不是假的。于是叫来媚娘对她说道:"对于外边朝臣的议论,你应该被杀掉,你打算如何处置你自己呢?"武媚娘连忙跪下哭着说道:"臣妾侍候陛下也有几年了,也从未有违背圣意的时候,现在无故让我死,我一定会含恨九泉,难以瞑目。况且臣妾与陛下也曾经恩爱无比,突然赐死,恐怕也会被大家议论笑话的。望陛下心存仁厚,让我剃发出家为尼,吃斋念佛,为陛下祈福,以修来世。"说完痛哭失声。太宗心里也不忍杀她,看她肯出家为尼,心里非常高兴,允许她回家见父母一面,然后回京城,到感业寺削发为尼。

贞观二十三年五月,太宗病重,一日召见长孙无忌、褚遂良和李绩等要他们辅佐太子李治。当夜就驾崩了。然后太子即位,称高宗。

媚娘在感业寺听闻李世民驾崩,心里也很悲痛。到了太宗忌日,高宗李治到感业寺进香。媚娘见了高宗皇帝大哭,高宗李治也流了眼泪,他悄悄吩咐主持要媚娘开始蓄发,他很快派人来接她回宫。没几日,高宗皇帝就派人接了武媚娘进宫,将她封为昭仪。

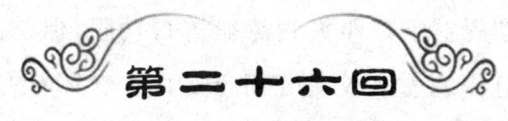

　　武媚娘被重新召进宫封为昭仪后，时来运至。来年就生了一子，年末又生一个女儿，高宗更加宠爱她了。王皇后也特别喜欢媚娘的这个女儿，也经常抱着她玩。有一次，王皇后刚刚把她放下出去，媚娘就进来把自己的女儿活活掐死了。然后假装刚刚发现，大声呼喊着问左右的下人，大家都说皇后刚来过。高宗大怒："皇后杀我的女儿！"媚娘也哭着数落皇后的罪名。皇后实在没办法证明自己的清白，只好任由皇帝废立了。

　　一天，高宗退朝后召长孙无忌、褚遂良、李绩等进内殿，李绩称有病没来。高宗说道："皇后没有儿子，武昭仪有儿子，我打算立昭仪为皇后，你们觉得怎么样？"褚遂良想起先帝在时曾嘱托他们好好辅佐当今皇帝，也夸赞了王皇后，便说道："先帝的话就好像还在耳边一样，也没听说皇后有什么罪过，怎么能轻易废掉呢？"皇上非常不高兴，但是也就作罢没有多说什么。第二天，又说起此事，褚遂良说道："如果陛下一定要换个皇后，可以选择其他人，为什么一定要武媚娘呢？大家都知道她曾经侍奉过先帝，千秋万代之后，后人会怎么评价您呢?"于是叩头到流血进行劝阻,但是高宗大怒,叫人把他赶出宫去。又隔了几天,中书李义府表奏立武昭仪。等到李绩入朝,高宗说道:"我要立武昭仪为皇后,前几天问褚遂良,他说不可,你认为呢?"李绩说道:"这是陛下的家事,何必要问外人呢?"于是高宗心意已决,废王皇后、萧淑妃为平常百姓,册封武昭仪为皇后。褚遂良被贬为都督,后来又再次被贬为刺史,很快就去世了。

武媚娘当了皇后之后,每日与高宗同朝听政,大家都称之为"二圣"。高宗贪色忘志,心中反而畏惧武媚娘。媚娘从此做事更加毫无顾忌了,将她的父母接来京城,父亲封爵为周国公,母亲封为荣国太夫人,父亲的养子武三思也赐了官职。媚娘恨王皇后、萧淑妃当年曾经辱骂过她,将她二人手脚都切断了,扔到酒缸中,以解心头之气。高宗每日双目枯眩,百官的奏章都是媚娘裁决。媚娘也曾经学了很多文史知识,再加上本身天资聪颖,而且所有事都说是"圣意",于是大家都给她加个徽号叫"天后"。

高宗从双目枯眩开始日益病的严重了。一天高宗头痛难忍,召太医秦鸣鹤诊治。秦鸣鹤请求用针刺头,出血了便可治愈。天后媚娘不愿高宗李治好起来,便说道:"此人该斩!怎么能让天子的头被刺出血呢?"高宗头痛难忍,说道:"就刺吧,未必不好。"于是太医刺了两个穴道出了少量的血,高宗说道:"好像我的眼睛变得明亮了!"媚娘也假装高兴地说道:"真是天赐的!"从此天后好像极爱惜皇上,高宗也不听太医调理,每日与她缠绵。不久高宗李治就驾崩了。天后忙召大臣于朝堂，册立太子英王显为皇帝，号中宗；立妃子韦氏为皇后，天后被尊称为皇太后，所有政事仍由皇太后裁决。

一天，韦皇后无事在宫中弹琴，看到当年媚娘在感业寺出家时结识的和尚冯小宝在媚娘宫中，正要回去和中宗说，刚好赶上中宗气愤愤地从朝上回来走进宫中。韦皇后连忙问："朝廷有什么事，致使陛下如此不高兴？"中宗说道："刚才在殿上，有一侍中的官职空缺，我想让你的父亲来做，但是裴炎说不可。我生气起来对他们说：'我就是将整个天下给韦元贞，有什么不可，何况一个侍中？'众臣都不说话了。"韦皇后说道："这事都不要紧，不给他做也没关系。只是太后又把冯小宝招来宫中，这样怎么行呢？你也该悄悄地劝劝她。"中宗说道："这也不难。我明日进宫去跟她说。"

到了第二天，中宗早朝过后来到皇太后媚娘宫中。其实昨日中宗要把整个天下给韦元贞的事已经有人跟她讲了，皇太后说道："这么可恶！"没想到中宗又来劝她。中宗进来后命令奴婢们都退出去，悄悄地奏说道："母后一时之乐，也该考虑万代之后青史留名。"太后正在含着怒气呢，听他这样说又气又惭愧，便说道："你做自己的事好了，怎么诽谤起你的母亲来？怪不得你要将整个江山都交给你的岳丈呢？能做出这种事的人如何能管理好国家呢？"于是召裴炎进宫，废中宗为庐陵王，迁到房州；封豫王旦为皇帝，号睿宗，所有大小政事仍然裁决于太后。中宗迁到房州后，心中仍惴惴不安。将一个石子抛向空中说道："我若不会发生意外，能够光复帝位，这个石子就不落下。"那个石子果然被树枝挂住没有落

153

下,中宗心中大喜。韦皇后也委屈地小心照顾着中宗。

皇太后武媚娘在宫中与冯小宝享乐,在朝廷又重用一些酷吏周兴、来俊臣等人镇压反对她的人。一日冯小宝买通周兴,诬陷苏良嗣、狄仁杰与安金藏谋反。媚娘知道狄仁杰是忠直之臣,便把他的名字划掉了。周兴等用酷刑审问苏良嗣,安金藏也被要挟,他为了证明苏良嗣的清白,用佩刀剖开自己的胸,五脏都露了出来,太后也大惊,叫太医去看视,此案也就作罢了。但是安金藏剖胸的事远近都传闻了。眉州刺史徐敬业听闻此事大怒,请了忠义之士要起兵讨伐媚娘。骆宾王为徐敬业起义正名,写了一篇讨伐武媚娘的檄文。这篇檄文写的真是荡气回肠,让人看了都难免动心。武三思把檄文给媚娘看了,媚娘也不觉长叹,问:"此檄文出自谁手?"武三思说道:"骆宾王。"太后说道:"如此有才之人,朝廷没有重用,真是宰相的罪过啊!"但是他们的起义很快就被剿灭了。

当时狄仁杰为相,他发现狱中被周兴等酷刑逼着认罪的有八百多人。狄仁杰将那些酷吏如此残酷上奏给太后,太后命严思善查问。一天,严思善与周兴吃饭聊天,他问周兴说:"如果囚犯不承认,该用什么方法呢?"周兴说:"让那个囚犯进入一个瓮中,以火烤瓮,有什么事他能不承认呢?"于是思善命人弄来大瓮,像周兴说的在周围点上炭火,便起身对周兴说:"有人状告周公,请周公入此瓮。"周兴忙叩头认罪。他被流放到岭南,在途中被仇家杀害了。来俊臣也被大家杀死,从此,这些残酷之事就结束了,百姓都互相庆贺,说道:

隋唐演义

"从此可以安然入睡了。"

  冯小宝又向太后媚娘举荐了两人做了侍御，只因是自己的好友。这几人游说太后改立国号。太后大喜，于是改唐为周，自称圣神皇帝。从此武则天便成了中国历史上唯一的女皇帝。至于关于她如何淫乱后宫，如何伤子害女，如何聪颖掌权天下，就由后人评说吧。

武则天称帝

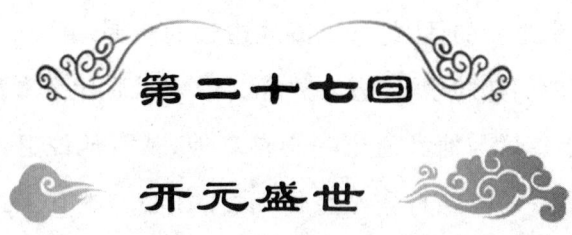

第二十七回

开元盛世

天下治乱都是相承的,久治也许不乱,但是乱极就一定会再重新得到治理,也一定会有拨乱反正的英王维持世道。

中宗回到京城后,住在东宫,朝政仍由太后掌管。太后虽然年事已高,但是仍然和张昌宗兄弟俩日夜在宫中享乐。当时朝中大臣,自狄仁杰死后,只有宋景最正直,狄仁杰引荐了张柬之等五人与宋景忠心除贼。张昌宗兄弟也最怕这些人。一天张柬之等统兵到中宫,恰好他们兄弟正与太后在酣睡,躲避不及,被士兵们一刀一个,双双杀死了。太后不禁大惊,张柬之等请太后迁到上阳宫,并索要了玉玺交给中宗,说道:"太后已迁走,玉玺也在此,众臣都在殿上等候,请陛下速登宝位。"中宗升殿,张柬之等献上玉玺,重新改国号为唐;重立韦氏为皇后;张柬之等五人都封了王;仍尊称太后为则天大圣皇帝,大赦天下,万民皆喜。

太后被张柬之等迁到上阳宫去,思来想去过去的事,就像做梦一般,时常流泪,不久便患病了,而且日渐加重,没几日便驾崩了。武三思害怕张柬之等五王,便一直想办法要除掉他们。他与韦皇后私通,中宗也是没有主意之人,于是听了他和韦皇后的话，将五王流放边远的州郡。武三思派人在途中将他们都劫杀了，方才放心。中宗以后什么事都去问武三思，韦皇后与他私通也一心喜欢他，常对他说道："我也想像武媚娘一样，亲自登坐宝位，我才甘心。"她有了这样狠毒的心，也便做出了日后大逆不道的事来。

中宗整日地游戏宴乐，全不留心国政，不发批文，也不召问。韦皇后就更加肆无忌惮了，太平公主、安乐公主，各自开府，自己设置官署。中宗甚至要废了太子，改立安乐公主为"皇太女"。一日魏元忠进入内殿奏事，中宗便以立太女之事问他，元忠说道："'皇太女'之称以前从未有过，且公主称太女，驸马该如何称呼呢？此事万万不可。"中宗只好把此事放置一边了。韦皇后与安乐公主非常生气。安乐公主急切想让韦皇后专政，然后则可立自己为皇太女，但是一时也无计可施。想起府中有两个年少的官，一个是马秦客，深通医术；一个是杨均，最擅长烹调食品。二人都生得俊朗，安乐公主对他们特别喜爱，推荐给韦皇后。

这天，韦皇后以烹调之名召他到密室中，让左右下人都退下，两人私自谋商。韦皇后说道："皇帝近来多信外臣之言，开始疑惑宫中，不得不虑。"杨均说道："我看娘娘玉貌生光，将来必定有喜庆。皇上千秋万岁后，娘娘自然临朝听政了，何必多虑呢？"韦皇后惊讶地说道："他要是变心，我怎么能等到他千秋万岁后呢？"杨均想了片刻，说道："若依娘娘如此说，这件事就得谋划了。"韦后贴着杨均耳朵问："有什么好药，可以解决此事？"杨均说道："药问马秦客就有，但是此事非同小可，得找机会行事，不能造次了。"

韦皇后他二人在这边谋划要害中宗，太子重俊知道韦皇后要废掉他，决定先发制人。他招引御林军杀入武三思的府中，将武三思砍死，并将他一家老小全部杀死；又到宫门去要杀上官婉儿。中宗听此变故，大惊，登上玄武门，命令杨思勖与太子手下士兵交战。太子死在了乱军中。安乐公主的驸马武崇训也被杀死，中宗又命他的弟弟武延秀为驸马，真是伦常尽乱。

许州参军燕钦融上书，说韦皇后淫乱干政，危害国家社稷。中宗看了，还没来得及批发，韦皇后就传旨，将燕钦融捕杀了。中宗心里不高兴，但是也没有显露出来，韦皇后心里却十分猜忌。她便秘传杨均商议说道："皇帝心已变，前日说的药的事情，如果不赶快行事的话，恐怕就会有不测了。"杨均说道："马秦客有一种药，人服用会腹中作痛，再饮人参汤，人立刻就会死，不露任何痕迹。"韦皇后说道："既有此药，可快点取来。"杨均笑道："事成之后，要封我为武安君。"韦皇后说道："不必多言，你我共享富贵就是了。"杨均便与马秦客密谋取药进宫。韦皇后知道中宗爱吃三酥饼，就将药放入饼馅中。中宗连吃了几枚，觉得腹中微微作痛，一会便大痛起来，坐立不安，在床上乱滚。韦氏假装问，中宗说不出话，用手指着嘴，韦皇后便对内侍说："皇上想喝汤，快取人参汤来！"此时人参汤早就准备好了，韦皇后接过来，灌入中宗口中。中宗吃了人参汤便不动了，到了晚上，就驾崩了。韦皇后秘不发丧。太平公主听闻中宗暴死，明知道死得不明不白，但是也难于发现证据，只得忍着。韦皇后说中宗暴病崩逝，说遗诏立温王重茂为太子，即皇帝位。重茂才十五岁，韦皇后便临朝听政。宗楚客劝韦氏效仿武则天，但是还有相王和太平公主需要铲除。

相王的第三个儿子隆基年少英明，当时是临淄王。他知道宗楚客独揽大权将要有逆谋，便与太平公主计议决定先发制人。太平公主派他的儿子帮助李隆基。临淄王率领大家潜入内苑。到了半夜，突然见星星落如雨下，有人便说道："天意如此，机不可失。"于是大家持剑争先闯入宫中，韦皇后大惊，一时没有办法，就穿了单衣逃跑，遇到杨均和马秦客，三人搀扶着逃往飞骑营，却被闯进来的士兵砍杀。杨均、马秦客先被斩首了，韦皇后苦苦哀求，众人都说道："弑君的淫贼，人人共愤！"一齐举刀乱砍，韦皇后便死于乱刀之下。临淄王听闻韦皇后被诛杀，下令扫清宫廷，安乐公主的驸马武延秀被杀；安乐公主不知道外面的变故，早起对镜画眉，被刘幽求的士兵从后砍得头破而死，她的家属都被杀死，宗楚客逃到城门口，被门吏擒住，腰斩于市。

内外都平定了，临淄王叩见相王，相王说道："社稷宗庙没有倒下，都是你的功劳。"刘幽求等请相王早日正位。第二天早朝，小皇帝重茂刚刚坐到宝座上，太平公主牵起他的手说道："这个位子不是你应该坐的，应该让给相王。"于是众臣奉相王为皇帝，称为睿宗。重茂仍然是温王；进封临淄王为平王。睿宗因为宋王是长子，而平王隆基有大功，不知道该立谁为太子，迟疑不决。宋王哭着叩首道："从来设立储君都是国家安定时先立年长的；国家危难时该先立有功的；隆基功在社稷，臣不敢居上。"刘幽求也奏说："平王有大功，宋王又让平王，陛下该报平王的功劳。"于是睿宗下诏，立平王隆基为太子。

太平公主与太子隆基本来共同诛杀韦氏，拥立睿宗，也有很大功劳。睿宗又念她是亲妹妹，对她极其怜爱，公主也性格机敏，朝廷大事，睿宗也必与她商议。但是太平公主仍然畏忌太子英明，打算要废掉他。日夜进谗言给睿宗，说太子很多不好的话。甚至谎称太子私结人心，图谋不轨，睿宗心中便有所怀疑。太平公主又派人四处散布流言，说当下会有兵变。那年七月，刚好彗星出自西方，太平公主秘奏睿宗道："此星有变，太子将做天子。"想要激怒睿宗，中伤太子。谁知睿宗因天象变化正心生恐惧，听闻太子将做天子，反而高兴，说道："天意如此，我心意已决。"于是降诏传位给太子。太平公主大惊，上书说不可，睿宗没有听，命太子即位，称为玄宗皇帝，睿宗为太上皇。太平公主还想谋逆生变，被玄宗赐死在家中。她的一些余党多数都赦免了，其他的功臣也都有赏赐。

从此朝中无事。自太宗李世民的贞观之治后，经过一场家族之乱，唐朝又迎来了新的繁华年代，开元盛世。

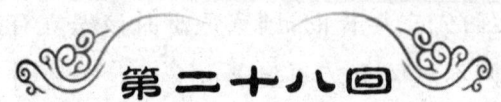

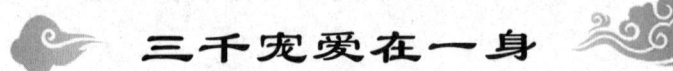

　　玄宗隆基即位之初,勤于国事,曾放出宫女千人。但是在位日久便怠于政事,习尚奢侈,也日渐宠爱女色。后宫之中最宠爱武惠妃,皇后王氏被她陷害,无故被废了。太子及两个王子也被陷害赐死,玄宗一日杀三子,天下人无不惊叹。女人在后宫争宠真是血淋淋地让人听了胆战。可是这武惠妃害人之后自己也没命享福,产后血崩暴亡了。玄宗悲痛万分,后宫之中再没有让他满意的女子了。于是高力士便劝玄宗广选美人,玄宗便降旨采选民间有才貌的女子进宫。

　　闽中兴化县珍珠村,有个秀才叫江仲逊,家资富有,年过三十没有儿子,只有一个女儿,小名叫阿珍,九岁便能背诵二南,仲逊也感到惊奇,于是取名叫采苹。采苹生得花容月貌,即使月亮里的嫦娥也得让她几分颜色,而且文才渊博,诸子百家,无不通晓,琴棋书画,样样全能。她偏爱梅花,她父亲仲逊便派人在江浙山中遍采各种古梅植在庭院中,取名"梅亭"。采苹朝夕观赏这些梅花,自号梅芬,还写了《萧兰》《梨园》《梅亭》等赋,一时都为大家广为传诵。高力士在湖广两地采选美女,无意当中到了兴化,听闻了采苹的名气,便带她回京了。采苹那年才十六岁，真是美貌无双，玄宗见了，异常欢喜，立刻封为嫔妃进宫，赏她父亲江仲逊黄金千两，彩缎百匹，让他回家养老。仲逊只好含泪出朝，舍不得女儿也没办法。

一天，玄宗回到宫中，看到江妃在看《梅亭赋》，于是知道她喜欢梅花，便命令宫中各处栽梅，朝夕游玩，为采苹赐名梅妃。这里虽然讲了梅妃许多事，但"三千宠爱在一身"的却不是她，而另有其人。说起来也与梅妃有关，也是因她而起。

有一次，玄宗在宫中宴请诸王，梅妃献舞过后，玄宗命梅妃给各位王爷斟酒。那时宁王已经醉了，见梅妃来斟酒，起身接酒，不小心一脚踢到了梅妃的绣鞋。梅妃大怒，起身回宫了。玄宗问："梅妃为何起身回宫？"左右说道："娘娘鞋上的珠子掉了，换了就回来。"等了一会，又宣梅妃，梅妃回道："突然一时腹痛，不能起身应召。"玄宗说道："既如此，就罢了。"于是命令撤席，大家散去。宁王吓得魂不附体，猛然想起驸马杨回，足智多谋，又是皇上宠爱的，便找他来商议。杨回来了，问他："不就是戏梅妃的事吗！"宁王问："你怎么知道的？"杨回说道："若要人不知，除非己莫为。现在大家都知道，只有玄宗皇帝一人不知。"宁王让杨回出主意，杨回说："我有二计，包你无事。"于是宁王便按照杨回的计策在第二天早朝向玄宗请罪，玄宗念他是无心，并不与他计较。宁王叩头谢罪。这边，杨回又秘奏皇帝，若要倾国倾城美貌，除了寿王妃子杨玉环，姿容盖世，实在是再罕有了。玄宗问："与梅妃如何？"杨回说："她到寿王府邸时，有人称赞她：'只有在天上,更无山与齐。'陛下不如召来见面便知。"玄宗听了非常高兴,于是命令高力士快去宣杨妃。

高力士领旨到了寿王府中,宣召杨妃。杨妃问:"圣上为什么要宣我?"高力士说道:"奴才不知,娘娘见驾,就自有分晓了。"杨妃神情惨然地来见寿王,说道:"妾和殿下本想白头到老,谁知圣上让高力士宣我入朝,料想此去可能就要与殿下永别了。"寿王拖着杨玉环的手说道:"事已至此,也不可违抗。"高力士在一旁催促,杨玉环只得流泪拜别寿王。

高力士带着杨妃来复旨。杨玉环含羞拜伏在地,玄宗赐她平身。此时宫中高点银烛,阶前月影横空,在此灯月之下,玄宗定睛一看,只见杨玉环腰肢似柳,金步摇曳;鬟发如云,容光夺魄。真是"回头一笑百媚生,六宫粉黛无颜色"。玄宗吩咐高力士赐号玉环为太真,住太真宫。对杨回说道:"明日有重赏。"宁王这才放心,与杨回叩谢出朝。

不久,玄宗便在凤凰园,册封杨玉环为贵妃。玉环的兄长杨钊是寄养的,玄宗嫌他名字中的"钊"字有金刀之象,改赐名为"国忠"。从此杨氏权倾天下。

玄宗对杨玉环的宠爱一天胜过一天,这边梅妃江采苹却独居上阳宫,独守寂寞。一天,她听说海南有驿使进京,便问宫里人:"可是来送梅花的?"宫里人却回答说是送荔枝给杨妃娘娘的。原来梅妃爱梅,四方都争着选送各种奇异的梅花,现在失宠了,就再也没有送梅花的了。杨妃是蜀地人,爱吃荔枝,海南的荔枝胜过蜀地的,于是海南的官员不惜千里远,通过驿站往京城传递,就像杜牧诗中所写:"一骑红尘妃子笑,无人知是荔枝来。"此刻,梅花不再献进,荔枝却远来,梅妃不胜伤感。

有一天,玄宗又宴请诸王,大家请求见妃子,玄宗应允了。传命召来,与诸王见过,坐在别席。席间,酒喝到一半,宁王吹紫玉笛和曲。不久,宴席散了,诸王都谢恩告退了。玄宗起身更衣,杨妃自己坐在那里,看见宁王吹的紫玉笛,就顺手拿来把玩一番,接着也吹了起来。玉环正吹的时候,玄宗出来见了,开玩笑似的说道:"你自己也有玉笛,怎么不拿来吹?这支是宁王的,他才吹过,你怎么能接着吹呢?"玉环听了,还毫不在意,慢慢地把笛子放下,说道:"宁王吹过很久了,我吹一下又何妨呢?还有人脚被人勾踹,陛下也置之不问,为何只是责备我呢?"玄宗因为她妒忌梅妃,连日来都意态孤傲,心里已经不高兴,今天同她说句玩笑话,她不谢过,反而出言不逊,又牵连起梅妃的旧事,不觉大怒道:"阿环敢如此无礼!"一面起身入内宫,一面宣旨,让高力士将玉环送还杨家,不许再入侍。玉环平日被宠惯了,不知道今天皇帝突然发怒,想哀求玄宗,又怕惹来更大的祸端,便含泪出宫了,嘱托高力士照料宫中的所有物件。杨家兄弟听了此事都吃惊不小,但是一时也不知所措。

玄宗一时发怒,将杨玉环逐回。回到宫中就感到寂寞,心中又恼恨又感伤,染成疾病,几日卧在床上,不能起来。玄宗寂寞不堪,异常焦躁,宫女太监们动不动就被辱骂鞭打。高力士也偷偷观察揣摩皇上的心思。他私下里对杨国忠说道:"要想让杨妃重新入宫,必须外臣奏请为妙。"当时的法曹官吉温,是个贪忍狡诈之人,但是宰相李林甫欣赏他,玄宗也拿他做亲信。杨国忠便用重金贿赂,请求他救援。

吉温便在殿上奏事的空暇时间对玄宗说道:"杨贵妃是个妇人,没有文化知识违抗了皇上,但是她曾经承蒙恩宠,即使有罪也该死在宫中。陛下为何怜惜宫中一席之地,而让她在外受辱呢?"玄宗听了点头称是。于是退朝回宫,选了些珍玩珠宝,派人送到杨家赐给玉环。玉环叩谢皇恩,并哭着说道:"臣妾罪该万死!我今日即使死了,也不能报答皇上的恩情。我除了身体头发为父母所生,其他都是皇帝所赐。"于是拿起剪刀,剪下头发一绺,递给来使说道:"为我献给皇上,说我从此心死了,让皇帝不要再挂念。"来使回去将杨玉环的头发呈上,又将玉环的话回复玄宗。皇上深感惋惜,当下就命高力士备香车乘夜接杨妃回宫。杨玉环见到皇上便拜伏在地,不说一句话,在一旁呜咽流涕,玄宗大为感动,亲手扶起,命令侍女为玉环梳妆更衣,好言抚慰。从此两人愈加恩爱了。

杨玉环重新回宫之后,玄宗对她宠爱更甚十倍,杨氏兄妹在朝廷作威作福,比以前更加张狂了。但是没过多久,玉环这一红颜绝色便惹来了一场祸事,影响了国家的气数,也让自己没了性命。

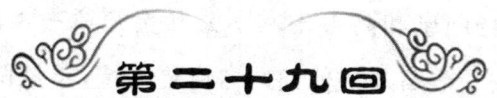

第二十九回

 李白草诏惊番使

李白,字太白,原是西凉王李皓第九世的孙子,他的母亲梦见长庚星入怀而生,因此得以命名。李白天资机敏,性格清奇,喜欢喝酒作诗,自号青莲居士。人们见他飘然有出世的姿态,都称他为李谪仙。他不求仕途,只愿遨游四方,看尽天下名山大川,尝遍天下美酒。他听说湖州乌程酒极佳,便不远千里前往,在酒肆中畅饮,边饮边歌,旁若无人。刚好州司马吴筠经过,听见狂歌之声,派人询问,李白以诗作答。吴筠听诗惊喜万分:"原来李谪仙在此,久闻大名,今日在这相遇倍感幸运!"当下便请李白到府衙相聚,饮酒赋诗,吴筠劝他入京应试,李白认为近来的科考没有公道,不愿意去。恰好吴筠升任京城的官职,即日就要起身赴京,于是拉着李白同到京城。

一天,李白正在京城闲游,与少监贺知章相遇,两人彼此通报姓名,互相情趣相投。贺知章邀李白到酒楼饮酒。转眼,试期到了,朝廷命贺知章为知贡举,命令杨国忠、高力士为内外监督官。于是贺知章一面托吴筠再劝李白应试,一面嘱托杨国忠、高力士留心照看李白。李白被劝不过,决定去应试;但是杨国忠和高力士本不是和贺知章一类的人,以为是贺知章收了贿赂却向他们白白讨要人情,于是两人商议看见李白的名字,偏不录送。到了考试那天,李白随着众人入场,第一个交卷的就是他。杨国忠看卷面上是李白的名字,便不看好坏,一笔抹道:"这等潦草的恶卷,怎么能录送呢?"李白想要争执,杨国忠谩骂道:"这样的举子,只能给我磨墨。"高力士插口说道:"磨墨也不适用,只能给我脱靴。"便喝令左右将李白扶出。李白出来考场后,怨气冲天,吴筠再三劝慰,李白立誓:若他日得志,定要杨国忠磨墨,高力士脱靴,方能解胸中之气。李白的试卷没有被录送,那年的状元便是秦国桢,他兄长秦国模是第五名,这兄弟俩是秦琼的玄孙,所以在这里定要提及一下。

忽然有一天,有一番国名叫渤海国,遣使前来,却没有上贡的物品,只有国书一封,要入朝呈上。没几日,番使进京,贺知章带领番使入朝面圣,呈上一封国书。玄宗皇帝命番使回驿馆休息。当日值班的宣奏官是侍郎萧灵。萧灵把书打开一看,不禁大惊,原来那番书上的字他一个也不识,只得叩头奏道:"番书上字迹,都像蝌蚪的形状,臣愚钝,不能辨识。"玄宗笑着说让宰相来看,于是李林甫、杨国忠一齐来看,也是一字不识,又命专门掌管翻译外国文字的官来看,也看不出来,传遍文武百官,却没有一人能识得。玄宗于是发怒道:"堂堂天朝,济济多官,就这一纸番书,竟无人能识。不知道书中所言,如何批复?不被那小国耻笑!限三日内找到识字的人,否则在朝官员,无论大小,一概免职。"各官员都郁闷而散。

贺知章晚上回家也是闷闷不乐，李白正寓居在他家，便问他缘故，贺知章便把朝廷限期之事说了。李白听了，微微笑道："番字有什么难识的，可惜我不是朝臣，不见得此书什么样。"贺知章大喜道："太白果能辨识番书，我当即奏明皇上。"李白笑而不答。次日早朝，贺知章出班奏道："臣有一个布衣之交，西蜀人士，姓李名白，博学多才，能辨识番书，乞求陛下召来，把番书给他看。"玄宗准奏，立刻召李白见驾。李白对皇帝派来的内侍说道："臣是一个远方的贱士，学识浅薄，不敢奉召见驾。"内侍回奏皇帝。贺知章又奏道："臣知道此人学问惊人，诸子百家，无书不览，只是布衣入朝，心里惭愧，所以称不敢应召。请陛下特恩，赐以冠带，赐一朝臣去宣来，以表示圣主求贤之心。"杨国忠和高力士正要打算进谗言，京兆尹吴筠、集贤院杜甫，都同声称赞李白是奇才。玄宗见众口称赞李白之才，便赐李白五品冠带朝见，让贺知章速速召来。

李白不敢再拒绝，与贺知章骑马入朝。玄宗见李白一表人才，满心欢喜。命侍臣将番书给李白观看。李白接过看了一遍，启奏道："番字都各不相同，这是渤海国的字。番书上表本该用中国字体，另附一副本写本国文字。现在渤海国不用中国字，直接写本国字，无礼至极。而且书中言语怠慢。"玄宗问："他书中所言何事？"李白便将书中文字一一译出，在御座前高声朗诵出来。众文武百官，见李白看着番书，宣诵如流，无不惊异。玄宗听了书中之言，龙颜不悦："番邦无道，竟然要占领高丽，我们该如何应对？"群臣议论不一，玄宗也不能决断。李白奏道："此事圣上无须烦虑，臣料想番国上书不过想试探天朝的动静，明日可命番使入朝，臣当面草答诏，也用他们文字另写一份，言语恩威并重，即可使番国'可毒'降顺。"玄宗非常高兴，但是问道："'可毒'可是番国国王之名吗？"李白说："渤海国称他们的国王为'可毒'，就像吐蕃称其国王为'赞普'一样。"玄宗十分欢喜，赐宴金华殿中。

次日玄宗升殿，百官都到齐了。贺知章带领番使入朝。李白紫袍纱帽，雍容立在朝堂之上，对番使道："小邦上书，言语急慢，非常无礼，本该加兵讨伐，但是我皇心怀宽度，不与你计较。现在有诏批答，你等敬候恭听。"番使战战兢兢，立在那里等候。玄宗命令在御座旁摆上文几，铺下文房四宝，赐李白身坐锦绣绿席，草诏回复番国。

李白即奏道："臣所穿的靴子，恐怕不干净，玷污了锦绣绿席，乞求陛下宽恩，容臣脱靴上去。"玄宗便传旨，将御用的云头朱履拿给学士穿。李白叩头说道："臣有一言，如陛下恕臣狂妄，就奏给皇上听。"玄宗准奏。李白说道："臣前日应试，遭到杨国忠和高力士驱逐，今见二人都在朝堂之上，臣气不旺；况且今日奉命草诏，手代天言，臣请圣旨让杨国忠磨墨，高力士脱靴，以示宠异，番邦之人也不敢轻视诏书，自然诚心归附。"玄宗此时正用人之际，且心中深爱李白，即准其所奏。

杨国忠、高力士想：前日科举中轻薄了他，今天特地趁此机会来报复。但是番书无人能识，皇上也依赖他。他二人心中虽然不高兴，但是也不敢违抗。只得一个给他脱靴，一个给他磨墨。李白见此情况，才欣然就坐，手不停挥，须臾之间，就草成诏书一道，另写了一个副封，一并呈于龙案之上。玄宗看完，大喜。命高力士再次与李白换了靴子。李白下殿，让番使听诏，李白高声宣诵一遍。贺知章送番使出都门，番使私下问："学士是什么官，可以让右相磨墨，太尉脱靴。"贺知章说道："右相大臣，太尉近臣，不过是人间的大官，那个李学士是上天的谪仙，偶然来得人世，暂助天朝，自然不同相待。"番使听了，惊诧而别。

番使回国，将前后经过讲了。那"可毒"看了诏书和副封大惊，与本国朝臣商议："天朝有神仙帮助，如何敌得过他？"于是写了降表，情愿按期朝贡，不敢再生异念了。

玄宗敬爱李白，打算赐他金帛珍玩，给他加官晋爵，但是李白都辞谢了。李白说道："臣一生只愿逍遥闲散，每日有美酒痛饮足矣。"自此以后，李白继续狂饮放歌，留给后世无数佳作。

李白草诏，右相磨墨，太尉脱靴

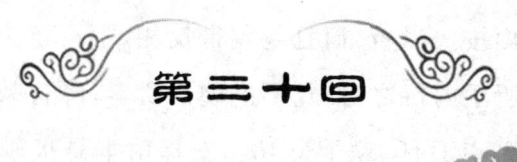

第三十四回

 安禄山叛乱

安禄山原名是阿落山，是营州夷种。本姓康氏，因为他的母亲后又嫁给安氏，于是改名为安禄山。他为人奸猾，善于揣摩人心，后来因为部落破散，逃到幽州，投靠张守圭。张守圭将他收为养子，出入都带着他。

一天，安禄山服侍张守圭洗脚，看见他脚上有五个黑痣，便注视着发笑。张守圭说道："我这五个黑痣，看见的人都说是贵相，你为何要笑呢？"安禄山说道："儿乃是贱人，两个脚底都有黑痣七枚，今见恩相贵人脚下也有黑痣，所以才笑。"张守圭听了，便让他脱靴来看，果然两脚底都有黑痣七枚，状如七星，比自己脚上的还大。于是对他愈加亲爱了，总是借军功荐引，直到做到平卢讨击使。那时契丹侵犯边疆，张守圭命安禄山督兵征讨。安禄山自恃强勇，不听张守圭的方略，率兵轻进，被契丹杀得大败。原来张守圭军令最严，诸将有违纪者必斩。安禄山即败，便不顾养子情分，一面上奏，一面将安禄山提到军前正法。安禄山大喊道："大敌当前，怎能轻杀大将？"于是张守圭命令缓刑，将他押送京城，请旨定夺。安禄山贿赂内侍们，在玄宗面前说好话。当时朝中大臣多数都说安禄山按法当斩,而且他貌带反相,不可留为后患。但是玄宗先听了内侍之言,竟不准朝臣所奏,降旨赦安禄山免死。仍赴平卢原任,戴罪立功。安禄山本是极乖巧善媚之人,每有玄宗左右之人到平卢,他都厚厚贿赂。于是玄宗耳中,常听称赞安禄山的言语。于是更加认为他贤德,屡次加他的官,直加到平卢节度使。第二年,召他入朝,留京侍驾。安禄山内藏奸诈,外貌却假装愚直。玄宗信他真诚,对他宠爱有加,进出宫苑禁地,都不避讳。

　一天,安禄山寻到一只很会说话的白鹦鹉,放入金丝笼中,要献给玄宗。正好遇到玄宗和太子在花丛中散步。安禄山望见,便把鹦鹉挂在树枝上,趋步向前朝拜,却故意只拜了玄宗,不拜太子。玄宗问:"爱卿为何不拜太子?"安禄山假意道:"臣愚,不知太子是什么官爵,不知道能不能在皇帝面前跪拜。"玄宗笑道:"太子是储君,朕千秋万岁后,他便是皇帝。"安禄山说道:"臣愚,只知道皇上一人,臣等应当尽忠报效,不知道更有太子,该一样尊敬。"玄宗对太子说道:"此人真是太朴实真诚了。"正说着,那鹦鹉就在笼中叫道:"安禄山快拜太子。"安禄山方才望着太子下拜。拜完,提着鹦鹉到皇上跟前。玄宗说道:"此鸟不但会说话,还能通晓人意。你从哪里得来的呢?"安禄山扯个谎,说道:"臣征讨契丹时,梦见先朝故臣李靖,向臣索食,臣正在祭祀之时,此鸟从空中飞至,臣以为祥瑞,就取了养着,想着训练好了,才敢献给皇上。"话还没说完,那鹦鹉又叫道:"莫多言,贵妃娘娘驾到了。"

安禄山抬眼一看,见许多宫女簇拥着香车,冉冉而来。行近了,贵妃下车在玄宗前行礼。安禄山刚要退避,玄宗命他在这留着,于是安禄山便没有避走,望着贵妃拜了,站在阶下。玄宗指着鹦鹉对贵妃说道:"此鸟会人言,通人性。"又看着安禄山说道:"是安禄山献来的,可以在宫中养着。"贵妃便问安禄山现任何职,玄宗说道:"此人本是塞外人,及其雄壮,官拜平卢节度使。我喜爱他为人忠直就留他在京侍驾。当年张守圭收他为养子,我待他也像养子一般。"贵妃说道:"就像皇上所说,此人真是一个乖巧之人。"玄宗说道:"妃子以为乖巧,可以收为儿子。"贵妃听了,看着安禄山,笑而不答。安禄山听了此话,立刻赶到阶前,向着贵妃下拜道:"儿愿母妃千岁!"玄宗笑着说道:"禄山,你的礼数错了,要拜母应先拜父。"安禄山叩头奏道:"臣本胡人,胡人先母后父。"玄宗看着贵妃说道:"可见此人朴诚。"从此安禄山便借着母子之名经常出入宫廷,与那杨玉环也做出了不轨的事来。

安禄山平时与杨玉环戏谑惯了,有时难免在玄宗面前也失口戏言,幸好玄宗并不怀疑。但是杨玉环却被杨国忠的危言所动,每见安禄山都劝他需言行小心谨慎。杨国忠暗想,将来安禄山必定与他争权,一定要想办法将他铲除。但是天子和贵妃都宠爱他,一时也难以下手。于是就想把他弄离京城,再找机会对付他。刚好李林甫上奏要用番人做边镇的节度使。杨国忠趁此机会上奏,番人之中有威望能够委以重任的非安禄山莫属。于是玄宗便降旨命安禄山为平卢、范阳、河东三镇节度使,即刻走马上任。这也合安禄山的心意,叩头领旨，入宫与杨妃拜别。两人依依不舍，但是杨妃也怕安禄山留在身边，再有言语不慎惹来祸端，心想他离京也好。于是安禄山便辞朝赴镇了。

安禄山从此坐拥三个重镇，又有宫中线索，便日渐骄横。李林甫死后，杨国忠兼左右相，独掌朝权，内外文武百官心怀畏忌，只有安禄山不肯低头。当时四处藩镇都齐来贺礼，只有安禄山不贺。杨国忠便有心将他铲除，于是秘奏玄宗："安禄山与李林甫狼狈为奸，现在李林甫死了，安禄山定有异谋。陛下若不肯信，可召他来京，他若不奉诏，便能看到他的意图了。"玄宗回宫之后，迟疑不决，杨妃劝他依杨国忠所言。玄宗便下旨召安禄山入朝见驾。杨玉环私自拿了金帛给去往下旨之人，还带了手书一封给安禄山，告诉他："闻诏即来。凡事有我从中周旋。"安禄山看到贵妃手书，心中才欢喜，便连夜赶路到京面圣。玄宗赐宴宫中，深情相叙。从此玄宗对安禄山更是深信不疑，以后谁若告安禄山谋反，玄宗就将他送到范阳交给安禄山惩治，从此以后再没人敢说了。安禄山便肆无忌惮，想三镇之中，把守各处要害的将士都是汉人；倘若他日有所举动，必不会为我所用，不如以番将为好。于是上书奏请任用番将，玄宗准奏，三镇险要处，都用番将，安禄山的势力愈发强大了。

玄宗因内监冯神威说安禄山不迎接诏书，傲慢无礼，心中恼怒。但是又想，安禄山的儿子仍在京城，他若在外图谋不轨，难道不顾自己的儿子吗？心中想了半晌，说道："前日他儿子庆宗与郡主完婚时，召他前来观礼，他称军务忙不能来,如今要他入朝谢罪,看他来与不来。"于是命高力士写书遣使送范阳去。并让安禄山的儿子庆宗也修书一封。杨国忠怕安禄山看了儿子的书真的来京城,朝廷若留他在京城必然要重用,定会夺他的权,不如早早激他反了。

当时安禄山的门客李超在京中,杨国忠打通关节诬陷他,将他捕入狱中,想把他处死,让安禄山感到不安。他又差遣心腹之人到范阳去散布谣言说天子认为节度使轻蔑诏书,傲慢无礼,又查出他的宫中私事,大怒,已将他儿子拘囚在宫,现在诱他父亲前去,然后将其父子一块杀了。安禄山听了此谣言,心中害怕。

不几日,果然收到儿子的书信。安禄山便问来使:"我儿可好?"来使回答道:"奴辈出京时,我家大爷安然无事;但是在路途上时,听说门客李超已犯罪下狱。又听人说,近日在宫中有什么事情被发觉了,大爷已被朝廷拘禁,不知这话是从何处传来的。"安禄山说道:"我也听到了传言,这传言必有来由。"又秘问道:"可有贵妃密旨?"来使说道:"当日奉了大爷的命就急切赶来,不曾听说贵妃娘娘有什么旨意。"安禄山听了,更加怀疑了。

此时,安禄山身边又有人劝说要趁早举事。安禄山念玄宗皇帝恩厚,想等他驾崩再兴兵举事。但是手下大将劝说该趁天子年老,荒于酒色,民心离散时兴兵,否则,新君即位,励精图治,恐怕就没有机会了。安禄山于是心意已决,准备谋反。

第二天,安禄山号召部下大小将士,集于府中。安禄山戎装佩剑，端坐堂上，却先诈做天子诏书一道，从袖中拿出，传示诸将道："昨日我儿庆宗处有人到来，传奉皇帝密诏，命我领兵入朝，诛杀奸相杨国忠，公等务当同心协力，助我扫除恶贼；功成之后，都有重赏。"诸将听了，面面相觑，不敢出声。安禄山按剑厉声道："有不尊者，治以军法。"诸将便不敢有异言。

安禄山即刻发部下十五万兵卒，自范阳造反，号称二十万，引兵南下，声势浩大。玄宗听说安禄山果然造反，大惊大怒，杨贵妃也惊得目瞪口呆。玄宗于是召集群臣，商讨剿灭之事。

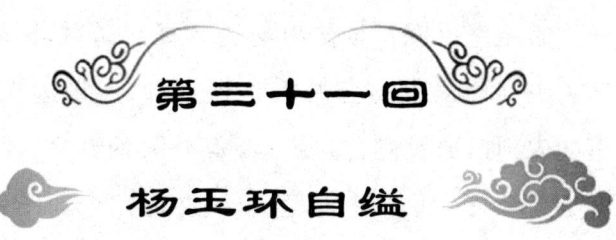

第三十一回

杨玉环自缢

　　自古以来，如果是贤君与贤妃能够谨身修德，克勤克俭，必定能防患于未然；而反之，皇上骄奢淫逸，不知道敬天劝民，再加上败俭丧节的嫔妃，作威作福，不顾国家大事，以致天怒人怨，干戈顿起，地方失守，到那时再追悔前非，为时已晚。

　　玄宗听信杨国忠的话，催逼哥舒翰出战剿灭安禄山，导致全军覆没，主帅遭殃，潼关失陷。于是河东、华阴、上洛等处守将都弃城逃走。唐朝当时有一制度，每隔三十里设一烽火台。每日黄昏时分，点燃火炬，接递至京城，以报平安，称之为平安火。那时平安火三夜没有到京城，玄宗心中很惶惑。忽然有飞马连报，哥舒翰丧师失地，贼兵乘胜追击，势不可挡。玄宗大惊，立即召集群臣商议。

　　杨国忠怕人埋怨他催战失误，先说哥舒翰本该早战，只因战时不早才惹来大败。同平章事（官职名）韦见素说道："轻敌而败，悔之晚矣。如今之计，应该征兵救援，新募壮丁守卫京城。"翰林承旨（官职名）秦国桢道："还须速招郭子仪、李光弼等移兵挡住贼人入京之路。"杨国忠却只沉吟不语。

玄宗问:"宰相之见呢?"杨国忠奏道:"征兵防贼,固然重要;但是潼关失守,长安危急,贼人急逼京师,所谓远水难救近火。不如先到西蜀暂避,然后慢慢等外兵的到来,才是万全之策。"玄宗听了,还未说话,秦国桢奏道:"今郭子仪、李光弼、颜真卿等屡战屡胜。前日闻听安禄山欲杀他手下大将,说明贼势已受挫,即将被灭。潼关之败,非哥舒翰之过,是因为催促早战才反而得败。才一败,就要奔避蜀地,臣以为不可。"其他大臣都不说话,玄宗闷闷不乐,罢朝回宫了。

原来杨国忠曾经为剑南节度使,西川是他熟悉之地。当日见安禄山反叛,就在蜀中秘营储蓄,所以现在才建议到蜀地暂避,其实都是为了自己方便。杨国忠见朝廷上议论不一,前日玄宗又要亲征,又要禅位,幸亏他们姐妹们劝阻。今天要去蜀地暂避,也必须马上劝他才行。于是杨国忠连夜敲开杨妃三姐妹的门,将事由说了。姐妹三个同见玄宗,力劝早日去蜀。三人你一言,我一语,还声泪俱下,不由玄宗不从。于是玄宗密诏杨国忠入宫商议。杨国忠说道:"陛下明言暂避蜀地,必遭人多议;陛下可虚下亲征之诏,便起驾西行。"玄宗听了他的话,命少尹将军崔光远为西京留守将军;命龙武将军陈元礼率领护驾军士,不让外人知道。第二天黎明时分,便与杨妃姐妹、皇太子和在宫中的皇子、皇孙、杨国忠、韦见素、陈元礼以及亲近宦官等出门西行。临行之时,玄宗要召梅妃同行,被杨妃阻止。于是梅妃与诸王孙都不能跟从。

玄宗的车驾走了,百官不知道,第二天仍入朝,看见宫门紧闭。等到宫门打开，看见宫人乱出，嫔妃奔窜，说圣驾不知到哪里去了。秦国桢、秦国模料定玄宗必往蜀地去了，便飞马追随。

玄宗仓促西行，路过左藏，见许多军役手持草把在那里伺候。玄宗忙停车问缘由，杨国忠奏道："左藏有很多财宝，一时不能都带走，将来怕被贼人所得，臣打算用火焚之。"玄宗说道："贼人来了，若无所得，必苛求百姓，还是留着这些财宝，也好让贼人不要欺负百姓。"于是喝退军役，驱军前进。才过了便桥，杨国忠便命人焚桥，以防追随者。玄宗说道："百姓都想避贼求生，为何要绝其生路？"于是命高力士率军士将火扑灭。后人常说因为玄宗在患难奔走之时，仍做了这两件好事，所以后来能归故乡，安享晚年。

玄宗车驾到了咸阳，地方官员早就逃避了。到了晌午，还没有进食，百姓或献米饭，或献麦豆，王孙们都争着以手捧食，不一会都吃光了。玄宗好言慰劳百姓，百姓们也多恸哭失声，玄宗也挥泪不止。

第二天，玄宗等来到马嵬驿，将士都又累又饿，心怀愤怒。刚好赶上王思礼从潼关赶来，报知哥舒翰被擒，玄宗于是命王思礼为河西节度使，即刻赴镇收拾残余兵力，准备东讨。王思礼临行前对陈元礼密语："杨国忠召乱起祸，罪大恶极，人人痛恨，我曾劝哥舒翰上表杀了此人，可惜他不听我的话；今将军何不杀了此贼，以快众心？"陈元礼说道："我正有此意。"于是与李辅国商议，正打算秘奏太子，刚好碰见吐蕃使者二十余人前来议和，随驾西行。

这一天,士兵到杨国忠马前,诉说没有粮食吃,杨国忠还没回答,陈元礼便大呼:"杨国忠与番使谋反,我等何不杀此贼!"于是众军一起大喊。国忠大惊,策马奔避,但是众军蜂拥而上,兵刃乱下,杨国忠顷刻间被砍倒,肢体被屠割了。士兵将其首级挂在驿门外,又将他儿子户部侍郎杨暄杀死。

杨国忠刚被杀,凑巧,杨贵妃的姐妹韩国夫人的车到了,众兵又一拥而上,将韩国夫人砍死。贵妃另一姐妹带着杨国忠的妻子幼儿,逃到陈仓,被当地县令薛景仙抓捕诛杀了。

玄宗当日听说杨国忠被杀,急忙赶出驿门,好言劝慰众军,令他们收队。但是众军仍然喧吵不止,围住驿门不散。玄宗问:"你们为何不散去?"众军说道:"反贼虽被杀了,但是祸根仍在,怎能就此散去?"陈元礼奏道:"众人之意,杨国忠既然被杀,杨贵妃便不能再侍候君王左右,请皇上圣断。"玄宗惊讶失色道:"妃子深居宫中,杨国忠谋反,与她何干呢?"高力士奏道:"贵妃确实无罪,但是众将士已杀杨国忠,而贵妃仍在皇帝左右,他们怎能自安呢?愿皇上深思。"玄宗默默点头,转步回驿,倚仗垂首而立,不忍回宫。韦见素在旁边跪奏道:"众怒难犯,安危就在这顷刻间,愿陛下忍痛割爱,考虑国家安定。"玄宗步入行宫,见了贵妃,却一个字也说不出口,只是抚门而哭。高力士说道:"此事当速决。"玄宗携着贵妃,出至驿道北墙,大哭道:"妃子,我和你从此永别了!"杨妃也哭着说道:"陛下保重,臣妾负罪太多,死无所恨,只是请求让我礼佛而死。"玄宗哭着说道:"愿用佛力,使妃子善地受生。"于是回头叫高力士,带着杨贵妃到佛堂。高力士奉上罗巾,催促杨贵妃在佛堂前一棵果树上自缢。如白居易《长恨歌》所写：“六军不发无奈何，宛转蛾眉马前死。”杨贵妃死了，高力士急忙出驿门，对众军道：“妃子杨氏，已经奉旨赐死了！”众军还未信，高力士将杨玉环的尸体，用绣衾裹着，置于驿庭，陈元礼率军查看，众人才信。于是高呼万岁，离开驿门。玄宗命高力士速速置一棺材，草草地将贵妃葬在西郊。才葬完贵妃，南方就送进荔枝。玄宗见物思人，放声大哭，即命令将荔枝祭于坟前。这个悲怆的故事还另有诗记载：“尘土已残香粉艳，荔枝犹到马嵬坡。”

　　杨贵妃被杀，玄宗悲痛欲绝，再加年迈体衰，无心平乱，便传位于太子，称为肃宗，玄宗改称太上皇。肃宗留下率众平贼，玄宗车驾前往蜀地。待乱贼平定，复返京城。

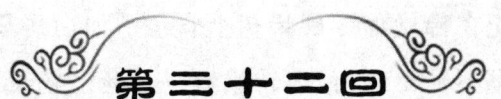

第三十二回

 鸿都结证隋唐事

郭子仪、李光弼平定了安禄山、史思明的叛乱后,肃宗和太上皇重回京城。太上皇又重见梅妃,自然特别高兴。可是好景不长,梅妃似花儿谢去,一病离世。太上皇李隆基不胜悲痛,自梅妃死后,愈加觉得寂寥。肃宗的皇后张氏却是个极不孝的儿媳,李辅国内外弄权,太上皇说与肃宗,但是肃宗害怕皇后也不敢听从太上皇的话,而且听了李辅国的话,让太上皇迁到西内去住。张皇后又逼着肃宗降旨,将高力士流放去巫州,不得再入宫。可怜高力士曾经荣耀一时,官高爵显,不想今日为张后、李辅国所驱逐。后来他听说太上皇驾崩,追念君恩,日夜痛苦,呕血而死。

太上皇被李辅国逼到西内,已经很不开心,又听说高力士被远谪,不能回来侍奉,越发觉得惨然。左右侍者都不是旧人,也不能说心里话。只有旧乐工张野狐、贺怀智、李暮等三四人还时常来看望。

当时有一奇人,姓杨名通幽,自称鸿都道士,颇有些道法。他从蜀中云游至西内,听说太上皇追念故妃,自称能邀亡灵来相会。李暮、张野狐等也都听说过此人,于是都举荐给太上皇。太上皇李隆基召此人到西内，要他作法，招引杨妃与梅妃的魂魄来相见。通幽便于宫中结坛，焚符发檄，口诵咒语。太上皇说道："以前张山人访求梅妃魂魄不得，是因为当时梅妃并没有死。现在杨妃、梅妃都已死去，而芳魂却不可招致，难道真是缘尽了吗？"通幽奏道："二妃不是平常人，当是仙子降生。仙灵难求，需要前去拜访。臣要游神荡气，去取仙踪回报。"于是俯伏坛中，运出神气，乘云起风，游行霄汉。只见云端有一只白鹦鹉，展翅飞翔，口中说人话："寻人的这里来。"通幽想此鸟能知晓人意，必是仙禽。于是随它而行。望见缥缈之中，出现一所宫殿，那鹦鹉飞入宫殿中去了。看那宫殿瑶台如画，琼阁凌空。

通幽来到宫门处，见有金字玉匾，大书"蕊珠宫"三字。通幽不敢擅入，正徘徊时，忽见两个仙女从里面出来。一个穿着绣衣，手拿如意；一个穿着素衣，手执拂子。那个绣衣女子用手中如意指着通幽问："下界生魂，为何来此？"通幽答道："下界道士，奉唐王命，访求故妃魂魄，适逢仙禽引路，来到此地。幸得见到二位仙娥，莫非二位仙子即是杨太真、江采苹吗？"绣衣仙女笑着说："不是。我本是郭子仪的小女，河伯夫人。"通幽说道："河伯夫人，为何是郭公之女呢？又如何会在这里呢？"绣衣仙女回答说道："昔日我父亲任职河中时，河流为患。我父亲默许河伯，若河水得治，将小女奉嫁。河患平了，我就无疾而终了。我父亲葬我在河神庙后，我于是就作了河伯夫人。"她指着那个素衣仙女说道："此位是龙女。她被选入蕊珠宫，我也常常来此。那梅妃采苹，前世原是蕊珠宫仙女,两番谪落人间,现在又回归本处。她尘缘已尽,虽在这里,但不得见。杨玉环宿孽未还尽,生到人世,以了尘缘,但是却又骄奢淫逸,多做恶事,孽报未完,怎么能在此地呢?你若要访她,可往别处去。"通幽说道:"梅妃既不可见,一定要访得杨妃踪迹,才好向太上皇复命,望仙女指路。"素衣仙女说道:"你只管向东行去,少不得有人指示给你。"说完,拉着绣衣仙女,转身进入宫殿去了。

通幽便趁着云气向东行去,来到一座高山上,那山有说不尽的景致。远远看见苍松翠柏之下,坐着三位神仙;两个神仙在对弈,一位神仙在旁边观看。通幽上前鞠躬参拜,叩问二位神仙姓氏。坐在上首的神仙说道:"我是张果,他二人是叶法善和罗公远。我等都与太上皇有宿因,曾经周旋在他左右,但是他心志受蛊惑,所以我们才舍他而去。想他年已老了,该觉悟了,却又来访求魂魄,他怎么如此不洒脱呢?"通幽说道:"梅妃在蕊珠宫中,弟子已经知道了;只是不知道杨妃现在魂魄何处,希望仙师指点,我也好回去向太上皇复命。"张果问:"你可知道太上皇与贵妃之间的前因后果吗?"通幽说道:"弟子愚昧,不曾听说,愿闻其详。"张果说道:"太上皇宿世乃是孔升真人,与我辈是同道。只因在太极宫中听讲,与蕊珠宫中仙女相视而笑,犯下戒律,被贬下凡,罚作女身,成为帝王之妃,就是隋朝宫中的朱贵儿。朱贵儿再转世就是大唐开元天子了。"通幽说道:"朱贵儿为何转生为天子?"张果说道:"贵儿忠于君王,骂贼殉节而死。天庭念其忠义,应得福报,本可复原位的,但是她与隋炀帝曾发誓愿,来世再配合,于是便将他转生为天子,完此宿缘。"通幽问:"朱贵儿与隋炀帝是什么宿缘呢?"张果说道:"隋炀帝前生是终南山一只怪鼠,因为偷食了九华宫皇甫真君的丹药,被真君困在石室中一千三百年。他在石室中潜心修炼,立志要做人身,享人间富贵。孔升真人偶然路过九华宫,知道怪鼠被困多年,可怜他修炼已久,力劝皇甫真君,暂放他往人世,享些富贵,酬其志愿。有此一劝便结成宿缘。皇甫真君奏请将怪鼠诞生为隋炀帝,恰好孔升真人被贬作了朱贵儿,因此得以相聚结为姻缘。"通幽又问:"朱贵儿转世成为天子了,那隋炀帝转生为何人呢?"张果笑道:"你猜是何人呢?杨贵妃便是了。隋炀帝即为帝王,骄淫暴虐,又有杀逆之罪,上帝震怒,只判给他十三年皇位,酬他一千三百年的静修之志。不许他善终,白练系颈而死。然后罚他作女身,成为杨玉环与朱贵儿的转世天子完结孽缘。最后也是白练系颈而死。当他为妃时,恃宠造孽,罪上加罪。如今你去哪里寻她?"通幽说道:"原来有这些因果,要不是仙师指点,弟子怎么也不会知道。但是弟子奉命而来,怎么能把这些话带回去回复呢?"张果沉吟未答,叶法善说道:"太上皇将不久于人世了,他死后自然知道这些前因后果,你不妨用别的话敷衍过去。"通幽说道:"无凭据,我怎么用话掩饰呢?"罗公远笑道:"你要凭据,还是去问你刚才看见的二位仙女,不要害了我们的棋兴。"

正说着,遥见一团彩云,从空中飞来。叶法善指着说道:"看,二位仙女找来了。"话刚说完,二仙女向前与三仙施礼。回头看着通幽笑着说道:"你这道士,还在这听因果吗?"张果说道:"我已将杨妃的两世因果与他讲了,但他一定要见杨妃,以复上皇之命,烦请二位仙女引他见一回吧。"二女领命,又指引通幽驾云往北而行。来到了一所宅院,门上横匾上写"北阴别宅",两扇铁门紧闭,有两个鬼卒把守。二仙女令鬼卒开门,引通幽进去。只见里面景象萧瑟,寒气逼人。走进了两重门,远远看见里面一个妇人,粗服蓬头,满面愁容。仙女对通幽说道:"这就是杨妃了。你可上前一见,我等却不该与她相会。"通幽上前进拜,杨妃起身相接,通幽讲了太上皇之命,杨妃悲泣不止。杨妃对通幽说道:"多蒙太上皇垂念,你回去复命,不要说我在此处,免得太上皇悲伤,只说我在好处就是了。"通幽说道:"回奏须有实据,太上皇才不会怀疑。"杨妃说道:"我殉葬之物,有金钗两个是我平日所爱,今分钗一盒作为信物吧。"于是取出铁盒交给通幽收下。通幽沉吟一会道:"此物人间也有,作为证据也不足,可否有他人不知道的,才能让太上皇相信。"杨妃低头一想说道:"我知道了。我记得天宝十年,和太上皇在避暑骊山宫,七月七日那天并坐长生殿纳凉,我与上皇发誓愿世世结为夫妇。此事再没有别人知道,你将此事回奏,太上皇自然相信。"通幽想再问时,只见一鬼卒催促:"快走! 快走!"通幽不敢停留,急忙出门,二位仙女已经不见了。一阵狂风又把通幽吹回三位神仙处。三仙仍在那里下棋。张果说道:"你既然见了杨妃,讨了证据就快回去吧。"通幽说道:"还求仙师将梅妃江采苹的前因一块讲了吧。好一并回奏。"张果说道:"梅妃就是蕊珠宫与孔升真人对视而笑的仙女被贬入凡间,一世是隋炀帝的侯夫人，贪财色，以致自尽，再转生为梅妃。武后、韦氏、安乐公主也都自有前世宿因，因为他们作恶太多，现都在地狱受罪。你回去只奏杨妃说的话就好，就说她也是仙女，不必说她受苦。还须劝太上皇洗心忏悔，若能觉悟，临终时，我等便去接他了。"说完，通幽就在方台上醒了。

定神想了一会，通幽便从衣袖中取出金钗，上前起奏，张果等说的前因都隐过不提，只说杨妃、梅妃都是蕊珠宫仙女。后来白居易作《长恨歌》说杨妃是仙女居仙境，也是根据通幽的假话。

经鸿都通幽这么说，原来隋唐之事都是因果轮回，上天的安排。如此历史演义不过是各个仙人谪在世间走了一遭。这种前因后果的帝王传说其实也不过是要提醒世人多行善事，终得善报。

通幽听仙人讲隋唐因果轮回